Der Zauberer Gottes

Das Junge Theater
DIREKTION: FRIEDRICH SCHUTTER · WOLFGANG BORCHERT
HAMBURG 22 · MARSCHNERSTR. 46 · BEIM U-BHF. WAGNERSTR. RUF 221055-56
VASA HOCHMANN in
DER ZAUBERER GOTTES
KOMÖDIE in 5 AKTEN
von PAUL FECHTER
Inszenierung: Vasa Hochman
Bühnenbild: Hanns Gröninge
Es spielen:
Inge Franzen
Gisela Greßmann
Marina Ried
Edith Rothe
Gerda Schöneich
Rainer Brönnecke
Karl Friedrich Feudell
Vasa Hochmann
Rudolf Möller
Hanns Reyer-Köster
Paul Schuch
Friedrich Schütter
Henry-E. Simmon
Horst Uhde
Bruno Vahl-Berg
Ab 5. November 1959 (Premiere) täglich 20 Uhr
Siehe Tageszeitungen
Preise: 2,50 bis 6,00 DM
Karten an allen Vorverkaufsstellen und an der Theaterkasse (Telefon 22 10 55/56)
Kassenstunden von 12-19 Uhr, außer sonntags
Abonnements-Bestellungen (20 % Ermäßigung)
nimmt unser Büro täglich von 9-19 Uhr entgegen (Telefon 22 10 55/56)
Ab 1. Dezember täglich 16 Uhr
DAS CHRISTBAUMSPIEL
Uraufführung von Otto Brües

OSTPREUSSISCHES MOSAIK

Paul Fechter

Der Zauberer Gottes

Eine Komödie

VERLAG GERHARD RAUTENBERG

CIP-Kurztitelaufnahme der Deutschen Bibliothek
Fechter, Paul:
Der Zauberer Gottes: e. Komödie / Paul Fechter.
Leer: Rautenberg, 1987.
ISBN 3-7921-0344-3

2. Auflage 1991
Gesamtherstellung: Druckerei Gerhard Rautenberg, 2950 Leer

ISBN 3-7921-0344-3

Das Foto auf dem Umschlag stammt von D. Weldt

Inhaltsverzeichnis

Paul Fechter und sein „Zauberer Gottes“

Am 14. September 1880 wurde Paul Fechter als ältestes der sieben Kinder seiner Eltern geboren: des Zimmermeisters Rudolf Fechter in Elbing und seiner Frau Rosa geborene Retzlaff aus Königsberg. Nach dem Abitur 1899 studierte er drei Semester Baufach an den Technischen Hochschulen in Dresden und Charlottenburg, danach acht Semester Mathematik, Naturwissenschaften und Philosophie an der Friedrich-Wilhelms-Universität zu Berlin. Im Juni 1905 wurde er in Erlangen bei dem Philosophen Richard Falckenberg promoviert: im Oktober trat er dann in die Redaktion der „Dresdener Neuesten Nachrichten“ ein, wo er sich hauptsächlich mit Theater- und Kunstkritiken (neben der Redaktionsarbeit) beschäftigte.

1910 übersiedelte er mit seiner Frau nach Berlin, wo er zunächst noch für ein Jahr die Berliner Redaktion der „Dresdener Neuesten Nachrichten“ leitete, ehe er im Oktober 1911 in die Feuilleton-Redaktion der „Vossischen Zeitung“ eintrat. Von dort wurde er im August 1915 zum Militär eingezogen und kam über Zwischenstationen in Lille und Serbien an die Feuilleton-Redaktion der „Wilnaer Zeitung“. Im April 1918 vom Militär entlassen, übernahm er — wieder in Berlin — die Feuilleton-Redaktion der „Norddeutschen Allgemeinen Zeitung“, seit der Revolution als „Deutsche Allgemeine Zeitung“, (DAZ) bekannt.

Mai 1933 wurde die DAZ vorübergehend verboten: der Chefredakteur Fritz Klein hatte mit einem seiner Leitartikel Hitlers Zorn erregt. Er mußte seinen Posten räumen und gründete im Oktober eine neue Wochenzeitung, die „Deutsche Zukunft“ (DZ). Fechter ging freiwillig mit ihm und übernahm bei dem neuen Blatt das gesamte Ressort Kultur, mit dem bewußten Willen, dort so viel wie möglich „Opposition durch Qualität“ zu machen. Ende 1934 führten beide zusammen rund drei Monate das „Danziger Tageblatt“ zur Unterstützung von Hermann Rauschning gegenüber der Danziger NSDAP — aber kurz nach Rauschnings Sturz kam auch das Ende seiner Zeitung.

Anfang Mai 1936 verunglückte Dr. Fritz Klein bei einer Übung als Reserveoffizier; Fechter führte nun die DZ mit wechselnden Chefredakteuren allein weiter und blieb ihr „geistiger Mittelpunkt“. Daneben leitete er seit 1937 — sehr ungern — wieder das Feuilleton einer Tageszeitung: des „Berliner Tageblattes“. Der Chefredakteur dieses sterbenden Blattes war ein SS-Mann, und die menschlichen Widerstände in dieser Redaktion waren erheblich, bis hin zu dem schönen Satz, den Margret Boveri in ihrem Buch bezüglich Fechter übrig hat: „Wir konnten ihn alle nicht leiden.“ Genau zwei Jahre später wurde das BT eingestellt und die restliche Redaktion mit der DAZ vereinigt, wo sich nach den Jahren seines Fernseins eine ähnliche menschliche Situation wie bisher beim BT entwickelt hatte.

Mit dem Übergang in den Deutschen Verlag war auch das Schicksal der DZ besiegelt. Unter dem Vorwand der Gründung einer neuen Wochenzeitung, „Das Reich“, wurden seit Juni 1940 die Abonnenten der DZ kurzerhand mit dem neuen Blatt beliefert. Einige der Redakteure und Mitarbeiter wurden übernommen, Paul Fechter aber „brauchte nicht zum ‚Reich‘ zu gehen“. Im April 1942 wurde auch die „Deutsche Rundschau“ verboten, deren Mitherausgeber Fechter seit 1933 gewesen war. Der Herausgeber, Rudolf Pechel, wurde verhaftet — Fechter aber von der Gestapo nur verhört, wohl, weil das Aufsehen, das seine Verhaftung erregt haben müßte, zu groß geworden wäre. Nach dem Ende seiner Tätigkeit bei der DAZ im April 1945 wurde der Fünfundsechzigjährige ein freier Mitarbeiter der von den Militärbehörden neu gegründeten oder zugelassenen Zeitungen, wie der „Welt“, der „neuen zeitung, München“, der „Zeit“ u. a., die sich nur zu gern an den geschätzten und geachteten, weil politisch unbelasteten Mitarbeiter hielten.

In diesen letzten dreizehn Jahren seines Lebens entstand noch eine große Zahl von Arbeiten; hier aber soll nur noch das Schicksal der ersten seiner sieben Komödien interessieren (die achte blieb unvollendet), die in dem Jahrzehnt zwischen 1938 und 1948 entstanden: der „Zauberer Gottes“ hatte ein recht bewegtes Schicksal, bis er endlich auf die Bühne kam. Dabei hat sich in den bald vierzig Jahren seit die Uraufführung endlich erfolgte, offenbar bei vielen die Vorstellung festgesetzt, als handelte es sich nur um die dramatisierte Lebensbeschreibung seines Helden, des einstigen Pfarrers Michael Pogorzelski. Das hätte Fechter zwar sicher auch fertigbringen können, aber es interessierte ihn überhaupt nicht, aus vorliegenden Urkunden eine historisch einwandfreie Biographie zusammenzustellen — bei seiner betont ahistorischen, oder eigentlich ausgesprochen antihistorischen Haltung. Nicht umsonst hatte er sich Corinths Wort zu eigen gemacht: „Das Schwerste ist Unwirklichkeit üben."

Fechter war kein Historiker, wollte nie einer sein — auch nicht, als er (im Auftrag des jeweiligen Verlegers) drei verschiedene Literaturgeschichten schrieb.

Ein Werk freier dichterischer Gestaltung, in dem nicht allein im Titel, sondern in immer neuen Wendungen auf sehr vielen Seiten von „zaubern" die Rede ist, wo am Schluß des Personenverzeichnisses — in dem „Traumerscheinungen" aufgeführt sind, die dann im Stück auf der Bühne „aus der Wand herauswachsen" sollen — die Formulierung von einem „ganz unwirklichen, verzauberten Ostpreußen" steht: wie läßt sich das mit Urkunden vereinen?

Wahrscheinlich gibt ein Aufsatz Fechters aus der „Deutschen Zukunft" Aufschluß: „Der Pfarrer von Kalinowen" (DZ vom 8. Sept. 1935). In einem Buchkatalog von Gräfe und Unzer, Königsberg „Ostpreußen und seine Nachbarländer" hatte er eine kleine Broschüre entdeckt, über die er hier berichtete. Dort hatte Alb. G. Krüger wohl ziemlich alles zusammengetragen, was sich in den rund 130 Jahren seit Pogorzelskis Tod an Legenden und Anekdoten um diese volkstümliche Gestalt gerankt hatte. Hier fand Paul Fechter den äußeren Anstoß für seine Komödie. Aber er dramatisierte auch diesen Bericht nicht einfach: er wurde ihm vielmehr nur zu einem Auslösepunkt, an dem die eigene Vorstellung von diesem „Zauberer" aufleuchten konnte. Seit über 30 Jahren hatte er als kritischer Beobachter die stürmische Entwicklung aller neuen Möglichkeiten der Bühnentechnik miterleben können: die Drehbühne, Scheinwerfereffekte, Projektionswirkungen u. ä. Aus diesen Jahrzehnten gibt es mehrere größere Aufsätze von ihm über die Entwicklung des modernen Theaters: da ist es wohl kein Wunder, daß es ihn reizte, diese Möglichkeiten selbst einmal praktisch zu erproben und mit ihnen zu „zaubern".

Es erscheint sogar nicht ganz unwahrscheinlich (wenn es sich freilich heute auch nicht mehr belegen läßt), daß das freie Spiel mit gegebenen und erfundenen Tatsachen, für ihn eine Art Flucht aus der gerade um jene Zeit immer bedrückender gewordenen Realität bedeutete.

Das Jahr 1937 brachte für ihn nicht nur die wenig erquickliche Rückkehr in die Tagespresse. Im August gab es in München die große Propaganda-Ausstellung der sogenannten „Entarteten Kunst", auf der der Name „Fechter" gleich dreimal vertreten war: mit zweien (seiner bisher drei!) verbotenen Bücher, und einer Prangertafel, wo er als „Kritiker der Systemzeit" (im Nazi-Jargon so genannt) verzeichnet war.

Übrigens könnte man sogar noch einen weiteren Einwand gegen die Vorstellung einer simplen, dramatisierten Biographie vorbringen. Acht von Fechters Büchern tragen als Titel einen Namen, obwohl der jeweilige biographische Anteil sehr gering ist. In seiner kritischen Untersuchung des „Wedekind" z. B. bringt Fechter als biographische Unterlage einen eigenen knappen „Lebenslauf" des „Lulu"-Dichters, dem er selbst nur einen Satz mit Wedekinds Sterbedatum anfügt.

Zum 60. Geburtstag, den Fechter im Jahr 1940 beging, druckte sein Verlag den „Zauberer Gottes", und die „Städtischen Bühnen zu Königsberg (Pr.)" nahmen die Komödie zur Uraufführung an, einige andere Bühnen wollten folgen. Im August suchte der Königsberger Dramaturg Dr. Karl Pempelfort Fechter in Nidden auf, „der den Pogorzelski inszeniert und partout deswegen mit mir reden muß. Ich hab ihm gesagt, mir wäre das ganz egal, er solle machen, wozu er Lust hätte", wie Fechter schrieb. Der Autor wurde zur Premiere eingeladen, für Anfang November — dann wurde der Termin noch dreimal hinausgeschoben, zuletzt auf den 11. Januar 1941.

Es gab eine öffentliche ausverkaufte Generalprobe, mit einem ganz großen Erfolg, wie es hieß — dann kam plötzlich am 10. Januar ein Telegramm, das die Absetzung meldete. Wie der Autor erfuhr, stand hinter diesem Verbot die SS — deshalb blieben alle weiteren Bemühungen um eine Aufführung vergeblich. Wenige Monate später folgte das Buchverbot — das fünfte in diesem Jahre.

Erst am 23. Oktober 1948 fand die Uraufführung dann am Deutschen Schauspielhaus in Hamburg statt, der nun in rascher Folge mehrere weitere Inszenierungen auf westdeutschen Bühnen folgten, oft mit dem Schauspieler Vasa Hochmann als Gast, der die Rolle in Hamburg zuerst und danach — wie Freunde später berichteten — mehr als 1300 mal gespielt hatte, obwohl er äußerlich weder der Vorstellung Paul Fechters noch der Alb. G. Krügers mit seiner kleinen Lebensbeschreibung glich, von der der Funke damals übergesprungen war.

Fast scheint ein geheimer Sinn darin zu liegen, daß gerade, als Paul Fechter am 9. Januar 1958, in Berlin starb, eben jener Dr. Karl Pempelfort, als Intendant der Theater der Stadt Bonn, den „Zauberer Gottes“ in eben jenem Winter auf den Spielplan gesetzt hatte: ihn hatte damals das Fiasko von 1941 seine u. k.-Stellung gekostet und ihn bis an die Front geweht — jetzt konnte sich der Bundespräsident Prof. Theodor Heuss, einst Mitarbeiter der „Deutschen Zukunft“, in seinem Kondolenzschreiben an Frau Fechter auf dieses Theatererlebnis noch einmal berufen.

Sabine Fechter

Die Uraufführung wurde verboten

Die Aufführung von Fechters „Zauberer Gottes“ ist ein guter Anlaß, daß jemand „von damals“ ein Wort zur Situation der verbotenen Uraufführung in Königsberg sagt. Diese Premiere des Fechterschen Stückes war zuerst für den 2. November 1940 angesetzt, wurde dann mehrfach und schließlich auf den 11. Januar 1941 verschoben und, nach der bestens verlaufenen öffentlichen Generalprobe, verboten. Der damalige Königsberger Dramaturg mußte an Fechter die Absage mitteilen: „Uraufführung trotz größter Bemühungen eingestellt.“ Die SS stand, mit ihren törichten Anschauungen, hinter dem Verbot; sie sah in dem Stück die „Verherrlichung eines eigenständigen masurischen Volkstums“, die den völkischen Anschauungen der SS völlig widersprach, und sei es „ein Skandal, ein solches ... Werk überhaupt gefördert zu haben“. Ich meinerseits bekam mit der Angelegenheit zu tun, weil Johannes Popitz, preußischer Finanzminister, der Fechter in der „Mittwochs-Gesellschaft“ nahestand, mich nach dem Königsberger Malheur anrief und sagte: „Wir müssen Fechter aus der für ihn gefährlichen Situation herauspauken, bevor etwas Ernstes gegen ihn geschieht.“ Popitz wollte Material haben, aus dem heraus er geltend machen konnte, das Fechter ein „zuverlässiger“ Mann sei, den die SS nicht zu attackieren hätte. Ich kann heute nicht mehr sagen, was alles ich herausgesucht habe, jedenfalls hat Popitz damit arbeiten und offenbar eine akute Gefahr beseitigen können. Aber etwa $2\frac{1}{2}$ Jahre später kam dann doch eine Anklage gegen Fechter. Popitz hat für Fechter die Verbindung hergestellt zu Rechtsanwalt Langbehn, der die Wege zur SS hatte, und im Januar 1944, als Langbehn bereits ein halbes Jahr verhaftet war, hat das Bezirksgericht der Presse in Berlin, das Oberlandesgerichtsrat Dr. Klöppel leitete, Fechter den Bescheid erteilt, daß das ehrengerichtliche Verfahren gegen ihn eingestellt sei. Es ist gut, wenn ein großes und interessiertes Publikum solche Dinge um die Person des Verfassers von „Zauberer Gottes“ weiß. Deshalb noch ein paar Hinweise auf die „Mittwochs-Gesellschaft“, weil auch hier Popitz und Fechter in gleicher Gesinnung sich begegneten. Der Kreis dieser Gesellschaft war erheblich: Pinder, Sauerbruch, Spranger, der Physiker Heisenberg, der Kirchenhistoriker Lietzmann (durch den Fechter in den Kreis eingeführt worden war), der Geograph Penck, Generaloberst Beck und andere mehr. Von Hassell hatte darauf bestanden, daß nach dem 20. Juli trotz drohender Gefahr doch noch gleich die fällige reguläre Sitzung der „Mittwochs-Gesellschaft“ (am 26. Juli) stattfand. Unnötig, hier davon zu sprechen, wer alles, wie Beck, Popitz, danach ermordet wurde. Sondern: die Protokolle der Sitzungen dieser Gesellschaft hat die Tochter von Popitz Ende 1944 zu Ende gebracht. Die ersten 17 Bände sind noch in die Akademie der Wissenschaften (heute Ost-Berlin) gekommen, die letzten drei Bände in das Bundesarchiv in Koblenz. Auch in diesen Beziehungen finden wir Fechter wesentlich beteiligt. Und bei dieser Gelegenheit muß man auch betonen dürfen, daß Fechter im Anfang der grausamen Jahre durch sein „Danziger Tageblatt“ Hermann Rauschning gegen die Nazis hat schützen wollen.

In solcher Welt lebte und arbeitete Fechter. Ich persönlich halte es für gut und richtig, daß man solche Umstände im Dasein Fechters kennt, weil man — immer wieder — sehen muß, wie falsch und mit wie billigem Material man ihn anschwärzen, anbräunen möchte. Seine umfangreiche schriftstellerische Tätigkeit wird ihn lebendig halten. **Hans Knudsen**

leicht gekürzt aus „das Stichwort“, Programmheft der Bühnen der Stadt Essen, 7. Jahrgang, Nr. 12/1964—65

Paul Fechter

Der Zauberer Gottes

Eine Komödie

Dramatis Personae

Michael Pogorzelski, Rektor in Kutten, später Pfarrer
Puttchen, seine Frau
Annuschka, deren Kusine
General Friedrich von Lossow, Exzellenz
Edzard Fürchtegott von Drygalski, Geheimer Oberkonsistorialrat
Pfarrer Naujoks, später Konsistorialrat
Minna, seine Frau
Graf Dohna-Sorquitten
Oberst von Hindenburg
Theodor von Hippel
Luise, seine Frau, Lossows Schwester
Josias von Zanthier
Margarethe, seine Frau
Graf Kalnein
Gräfin Kalnein
Ihre Tochter
Pfarrer Radtke
Dompfarrer Eberhardt
Lubrikat, Lossows Kutscher
Rogalski, Dorfschmied in Kutten
Placzek, Stellmacher in Kutten
Wuta, ein Beerenweib
Ordonnanzen, Gäste, Schulkinder, Dorfweiber aus Kutten, Ortelsburger Bürger, Traumerscheinungen

Zeit: Zwischen 1780 und 1790

Ort: Das preußischste Ostpreußen – und ein ganz unwirkliches verzaubertes Ostpreußen.

ERSTER AKT

Erste Szene

Die Bühne ist dreigeteilt, rechts sieht man in das Wohnzimmer Pogorzelskis, aus dem eine Tür in das anstoßende Schulzimmer führt, das nach der Mitte der Bühne zu liegt. Aus dem Schulzimmer führt eine zweite Türe ins Freie auf die sehr dreckige Straße. Ganz links eine verfallene Hütte, die Schmiede. Es ist Herbst.

Im Schulzimmer sitzen hinten die Kinder, vorne steht das Katheder des Rektors Pogorzelski. Im Wohnzimmer sitzen die Frau Rektor und ihre Kusine Annuschka. Annuschka schält Kartoffeln, die Frau Rektor stopft Strümpfe.

Pogorzelski sitzt vorne in der vordersten Reihe auf dem Schultisch, seinen langen Zeigestock in der Hand. Er hat einen kleinen Jungen vor, dem er mit Kastanien Rechnen beibringt.

Pogorzelski: Paß auf, Dämlack. Was ist das?

Junge: Kastanj'.

Pogorzelski: Und das?

Junge: Noch'n Kastanj'.

Pogorzelski: Siehstu — und was ist das? (Hält ihm beide Kastanien hin.)

Junge (grinst): Kastanjen.

Pogorzelski: Gutt, mein Sohn, gutt. Aber wieviel Kastanien?

Junge schweigt.

Ein kleines Mädchen (schreit): Zwei!

Pogorzelski: Bistu still, Marjell. Wißt ihr Weiber immer schneller, was ist. Soll Jungchen wissen. Also wieviel?

Der Junge schweigt.

Pogorzelski (gibt ihm einen Klaps): Hastu recht — warten wir, bis du weißt. Komm — Maruschka. Bistu klug; erzähl Geschichte von Moses. Wie sie ihn fand, die Prinzessin. Wenn sie ihn nicht gefunden hätte, Welt sähe ganz anders aus, weißtu.

Maruschka (leiernd): Ging Prinzessin spazieren an Wasser, lag in Wasser Paudel, und in Paudel war kleines Kind. Sagte Prinzessin: nimm ihn raus, frag ihn, wie heißtu? Sagt er, Moses heiß ich.

Pogorzelski: Tschenkuje Maruschka. — Wos is?

Ein Junge kommt herein, steht und sieht den Lehrer an, sagt nichts.

Pogorzelski: Warten. (Geht ins Wohnzimmer hinüber.) Was gibt heute zu essen?

Die Frau Rektor, genannt Puttchen: Keilchen mit Speck, wenn erlaubt is.

Pogorzelski: Keilchen — gutt, serr gutt. Viel Speck?

Puttchen: Soviel wie hat.

Pogorzelski: Hat viel?

Puttchen: Nich sehr viel.

Pogorzelski: Wieviel?

Puttchen: So viel (zeigt mit zwei Fingern Scheibendicke).

Pogorzelski: Für jedden?

Puttchen: Für alle.

Pogorzelski: Zu wenig.

Puttchen: Ist nicht mehr.

Pogorzelski: Muß mehr sein.

Puttchen: Reicht sonst nicht.

Pogorzelski: Muß reichen, Weib. Für jedden sooo viel! (Zeigt mit Fingern.) Macht sonst keinen Spaß, Essen.

Puttchen: Reicht nicht.

Pogorzelski: Wird reichen. Annuschka, was sagstu?

Annuschka: Wird reichen, sag ich.

Puttchen: Wird sie dir nein sagen, dumme Gans.

Pogorzelski (hebt den Stock): Sagstu noch einmal dumme Gans!

Puttchen: Was weiß die von Speck?

Pogorzelski: Braucht nichts wissen von Speck, Annuschka. (Dreht sich plötzlich um und geht in die Schulstube.) Was is?

Der Junge steht und druckst.

Pogorzelski: Woher kommstu?

Junge (zeigt hinter sich): Der Herr Pfarrer.

Wuta kommt, ein Beerenweib, Mitte vierzig, vital, kräftig, noch schön. Tritt in die Türe der Schulstube, lehnt sich an den Pfosten, lacht vergnügt in sich hinein.

Pogorzelski (bemerkt sie, kommt zur Türe): Was ist zu lachen?

Wuta: Wirst bald sehen, wird bald kommen.

Pogorzelski: Wer wird kommen?

Wuta: Großmächtiger Herr. Großer Wagen. (Schüttelt sich vor stummem Lachen.) Fährt wie König durch Welt, denkt, ist selber König. Bunter Mann mit sooo großen Federhut. War zum Lachen, Micha. Großen Spaß gehabt.

Pogorzelski: Was für Spaß?

Wuta (sieht ihn von der Seite an): Weißt noch, wie Erntewagen umkippte mit dickem Vogt, der immer Weiber schlug?

Pogorzelski (heftig): Weib elendiger, sollt nicht...

Wuta (lacht): War soo zum Lachen! Großer Mann, sooo groß erst, dann sooo klein. Und böse, ganz böse. Wirst bald hören, Micha.

Pogorzelski: Will nichts wissen davon, ist verbotten.

Wuta: Lacht Potrimpos, wenn er sieht Wagen. Klix, klax, brack — aus mit großen Mann und großen Fahren. Warum kommen hierher, wo wir sind?

Pogorzelski: Wer war mit?

Wuta: Nuschka. Hat bloß zugesehen. Gemacht hab ich. Nicht schlimm, Micha, kleinen Spaß! Ganz dicht vor Dorf. Hat nicht viel zu laufen, großer Mann. Wirst ihm helfen, Micha.

Pogorzelski: Nennt sich Christ, sowas.

Wuta: Andere sagen so von uns.

Pogorzelski: Seid getauft.

Wuta: Was ist Wasser auf Kinderkopp!

Pogorzelski: Sollt vergessen, was war.

Wuta: Kann nicht, Micha. War viel schöner, viel lustiger. Hättst auch gelacht. Hat gleich geholfen. (Hockt sich plötzlich hin, breitbeinig, breitet die Arme hoch, wedelt mit den Händen.) Klix, klax, brack! (Schüttelt sich vor Lachen.)

Pogorzelski: Darf nicht mehr sein. Ist nicht!

Wuta (lacht): Micha, was bist du geworden? Sitzt hier, verdirbst Kinder und dich. Viel Jahre schon, Micha, — viel gute Jahre!

Pogorzelski: Störst die Stunde, geh — keine Zeit!

Wuta: Keine Zeit, keine Zeit, und Altes gibt nicht mehr. Gibt soviel. Steck Nase raus, Micha, siehst übern See, wie Perkuhn den Wald angesteckt hat. Alles bunt, alles rot; Micha — was verdirbst du Kinder?

Pogorzelski (lacht): Weibsvolk elendiges, will dumm bleiben Leben lang. Nichts lernen.

Wuta: Weißt ganz gut, wie dumm selber. Nimmt Buch, denkt, kann lernen aus Buch. Buch macht dumm wie lernen (leiert): „Ich glaube an Gott den Vater, allmächtigen Schöpfer Himmels und der Erden." — Glaubstu, Micha?

Pogorzelski: Werd ich dir sagen!

Wuta: Sag dir selber. Hast gelernt, kannst aufsagen — glaubst nicht. Ist nicht gut für hier, das. Kommt von weit weg.

Pogorzelski: Was ist gut für hier?

Wuta (lacht): Weißt selber, Micha. Brauchst bloß denken wie war. Feuer im Wald und helle Nacht, wie sie Pferd schlachteten an Stein von Pikoll und tanzten — lagen wir oben hinter Haselstrauch. War warm und dunkel und keiner da — das gutt für hier. Auch für woanders, überall gutt.

Pogorzelski: Mach dich fort — nichts für Kinder.

Wuta: Kinder können ruhig hören. Sind klüger wie du, kennen noch, was war. Wissen von Eltern, wenn Fische nicht kommen wollen, hilft kein Beten, hilft nur Fischchen braten für Pikoll. Siehst drüben den Berg (zeigt über die Straße in die Ferne) hinterm See — wie da geholfen hat?

Pogorzelski (zu den Kindern): Singen!

Er summt eine Melodie, die Kinder singen leise mit.

Wuta (während des Singens): Singen gutt, auch für dich, Micha. Schick Kinder fort, komm mit! Fahren übern See, Igel braten und Beerenschnaps trinken. Wird kalt heut nacht: wir machen Feuer. (Lacht.) Die Beerenweiber sind da. Denkst noch an Halka?

Pogorzelski und die Kinder singen und summen leise weiter.

Wuta: Dumm bist du geworden über deinen Büchern — schad um dich! Warst stark wie keiner und bist jetzt wie Pfarrer. Dumm wie Pfarrer. Micha, komm mit, verdirbst Kinder, verdirbst dich. Annuschka zu jung, kann dir nicht helfen. Wollen Pikollos Fischchen braten und tanzen — schenkt er dir wieder dein Herz, was du hast vergessen.

Pogorzelskis Lied ist zu Ende, die Kinder schweigen.

Pogorzelski (sieht Wuta nachdenklich an): Alles lange her.

Wuta: Nicht zu lange.

Pogorzelski: Doch zu lange.

Wuta: Nie zu lange, Micha.

Pogorzelski: Wer weiß von Perkuhn und Pikoll? Wer darf wissen? Du weißt — ich haben gewußt. Haben vergessen — zu lange her. Im Sommer, wenn heiß und Gewitter und Donner ...

Wuta (lacht): In der Pestwurzschlucht bei der dicken Buche — war kühl unter den Wurzeln, bistu kamst — warm dann ...

Pogorzelski (sieht Wuta an): Schwimmen übern See, tanzen bei der Nacht, schlafen in Stroh, wenn Sterne scheinen und Wetter leuchten — geh weg, Marjell!

Wuta (lacht): War mal Marjell ...

Pogorzelski: Lange her. War schön, aber nu schiwo, schiwo, pascholl! Seh nichts von deinen großen, bunten Herrn. Wo is er? Hast du geschwatzt, wie Weiber schwatzen? Hab anderes zu tun, als zu schwatzen mit dir. Wo ist der Jung?

Wuta: Wirst schon sehen, wenn der Bunte kommt. Frag ihn, wie war. Wird sehr böse sein — haben sehr gelacht.

Sie steht noch eine Weile während des Gesprächs zwischen Pogorzelski und dem Jungen. Wenn immer wieder die Formel „Der Herr Pfarrer" fällt, lacht sie, schüttelt den Kopf und verschwindet schließlich so, daß niemand bemerkt, wie sie geht.

Pogorzelski: Woher kommst du?

Junge: Der Herr Pfarrer...
Pogorzelski: Was will der Herr Pfarrer?
Junge: Der Herr Pfarrer...
Pogorzelski: Was is mit dem Herrn Pfarrer?
Junge: Der Herr Pfarrer hat gesagt...
Pogorzelski: Was hat der Herr Pfarrer gesagt?
Junge: Fisematzbrum.
Pogorzelski: Was ist das?
Junge: Fisematzbrum.
Pogorzelski: Hat der Herr Pfarrer gesagt?
Junge: Fisematzbrum hat er gesagt.
Pogorzelski: Der Herr Pfarrer?
Junge: Hat er gesagt — am Krug.
Pogorzelski: Am Krug?
Junge: Der Herr Pfarrer...
Pogorzelski: Was is Fisematzbrum?
Junge: Hat er gesagt, kommt.
Pogorzelski: Wer kommt?
Junge: Fisematzbrum kommt.
Pogorzelski (dreht sich um und geht ins Wohnzimmer): Annuschka, was ist Fisematzbrum?
Annuschka: Was hastu gesagt?
Pogorzelski: Fisematzbrum.
Annuschka: Viestation?
Pogorzelski: Wußt ich, du weißt, is gutt — Viestation. (Zu dem Jungen:) Viestation hat der Herr Pfarrer gesagt.
Junge: Hab ich gesagt.
Pogorzelski: Heute hat er gesagt?
Junge: Fisematzbrum hat er gesagt.
Pogorzelski: Wenn kommt Viestation?
Junge: Er kommt, hat er gesagt.
Pogorzelski: Schißko jedno, laß kommen. Setz dich.
Junge: Muß zu Kuh.
Pogorzelski: Was is mit Kuh?
Junge: Kuh kriegt Kalb.
Pogorzelski: Moi Bosche, pascholl, mach weg zu Kuh!

Junge ab.

Pogorzelski: Denkstu, kannst mich ärgern. Kannst nich. Immer visitieren — Prosche Panje. Komm, mein Kleines — Annuschka!
Annuschka (erscheint in der Türe): Hast du gerufen, Micha?
Pogorzelski: Annuschka, kommt der Herr Pfarrer zur Viestation. Vielleicht heute, vielleicht morgen. Gott weiß. Annuschka, backe Kuchen, weißtu? Kleine Kuchen. Wird nicht alt. Wenn

er kommt, wird er haben Hunger. Kuchen ist gut — backe Kuchen, kleine Annuschka.

Annuschka: Werd ich backen, Micha. Schöne Kuchen. Hab ich Rosinen noch von Ostern. Schütt ich in Teig — sollstu sehen: wird dich segnen, der Herr Pfarrer.

Pogorzelski (lacht): Wird er nicht. Annuschka, wird er nicht. Aber werde ich dich segnen — immer, mein Täubchen.

Puttchen (tritt in die Türe vom Wohnzimmer zur Schulstube): Steht sie und schabbert und schabbert. Schäl Kartoffeln, lies Erbsen. Ist bald Mittag, und sie tut nichts. Alles und alles muß ich machen. Mann tut nichts, Annuschka tut nichts, alles ich.

Pogorzelski (macht eine beruhigende Bewegung mit der Hand): Laß sausen, Annuschka, laß sausen, Golubuschka. Moi bosche kochanne. Ist Mensch klug, hilft er sich. Ist Mensch dumm, geschieht ihm recht.

Draußen auf der Landstraße ist hinter der Schmiede der General von Lossow mit seinem Kutscher erschienen, beide in bunter Uniform. Der General ist wütend, der Kutscher gottergeben. Beiden folgt das halbe Dorf, vor allem Weiber.

Lossow: Gottverdammte Schweinerei!

Lubrikat: Zu Befehl, Exzellenz!

Lossow: Such Er einen Schmied, Lubrikat!

Lubrikat: Zu Befehl, Exzellenz!

Lossow: Einen Wagenbauer.

Lubrikat: Zu Befehl, Exzellenz!

Lossow: Einen Stellmacher.

Lubrikat: Zu Befehl, Exzellenz!

Lossow: Zu Befehl, zu Befehl — ich will einen Schmied, verstehst du, Lubrikat, einen Stellmacher, einen Wagenbauer.

Lubrikat: Zu Befehl, Exzellenz!

Pogorzelski, der bis dahin durchs Fenster der Schulstube hinaussah, tritt jetzt in die Türe, die ins Freie führt. Er hat sich seine hohe Lammfellmütze aufgestülpt und wirkt infolgedessen noch viel länger.

Lossow: Ist Er der Schmied?

Pogorzelski: Binnen ich nicht Schmied.

Lossow: Wo ist ein Schmied?

Pogorzelski (brüllt): Rogalski, wo bist du?

Stille.

Pogorzelski: Ist nicht da, Rogalski.

Lossow: Gibt's hier einen Stellmacher?

Pogorzelski: Gibt es, heißt Placzek. (Brüllt): Placzek!

Stille.

Lossow flucht.

Pogorzelski: Ist was mit Wagen?
Lossow: Womit sonst, Mann?
Pogorzelski: Ist Wagen kaputt?
Lossow: Würde ich sonst nach einem Schmied schreien, Verehrtester?
Pogorzelski: Was ist kaputt?
Lossow: Der Wagen.
Pogorzelski: Ganzer Wagen?
Lossow flucht.
Pogorzelski: Oder Deichsel oder Rad oder Achse oder ...
Lossow: Hat Er vielleicht noch einige Wagenteile zur Verfügung?
Pogorzelski: Wenn einen schreit, wissen ich gern, warum schreit. Binnen serr neugierig. Wissen auch gern, woher kommt, wohin geht. Gibt viel Fragen in dieser Welt. Große Fragen, kleine Fragen. Mensch muß fragen.
Lossow: Ein Philosoph der Neugier! Also fragen Sie, Mann. Im voraus nur die Vorstellung: Ich bin der General Lossow aus Königsberg, auf Inspektionsreise.
Pogorzelski: Auch Viestation.
Lossow: Meinetwegen auch so. Abgesehen davon wäre ich Ihm sehr verpflichtet, wenn Er dafür sorgen würde, daß mein Wagen wieder in Ordnung kommt.
Pogorzelski (lacht): Wieder Wagen, wieder Frage — was fehlt Wagen?
Lossow (wütend): Das rechte Hinterrad, Herr! Wenn ich bloß wüßte, welcher Teufel das angerichtet hat!
Pogorzelski (interessiert): Erzählen, Herr Generalchen, wie kamen und wo kamen?
Lossow: Dicht vor Ihrer verehrten Landeshauptstadt hier, wie heißt das Nest?
Pogorzelski: Heißt sich Kutten.
Lossow: Richtig, Kutten. Die Straße war ganz gut, wir fahren langsam Trab. Auf einmal lacht da was im Feld. Ich sehe hin, Lubrikat — das ist mein Kutscher — sieht auch hin: liegt da 'n großer Haufen Stroh und oben hockt 'n großes Weib, als ob sie, na, Sie wissen schon ...
Pogorzelski (lacht): Weiß ich, Herr Generalchen, oft zu sehen hier.
Lossow: Dazu lacht sie und rudert immer so mit den Armen.

Pogorzelski hebt unwillkürlich die Arme wie vorher Wuta und sinkt langsam in die Kniebeuge.

Lossow: Genau so, genau so! Woher weiß Er das?
Pogorzelski (aus dem Hocken aufsteigend): Haben mir gedacht.
Lossow (mißtrauisch): Kennen Sie sowas?

Pogorzelski: Wieso ich?

Lossow: Sie machen so'n Gesicht.

Pogorzelski: Haben genickt, weil gern mehr hören.

Lossow: Viel ist da nicht mehr zu hören. Das Weib macht seinen Hokuspokus, wir beide besehen uns das – auf einmal klix, und klax, und brack.

Pogorzelski: Was?

Lossow: Es klang so.

Pogorzelski: Klix und klax und brack!?

Lossow: Ja, genau so. In dem Moment macht auch schon der Wagen eine sanfte Verneigung, ich kann gerade noch abspringen, Lubrikat hält sich auf'm Bock, und da war das Rad hinüber. Wir mußten zu Fuß gehen, und die Damen lachten hinter uns her. Und nu sitze ich in der Bredouille und frage mich, wer mir wieder heraushelfen wird.

Pogorzelski (lacht): Werden machen, Herr Generalchen. Werden machen; (schreit:) Rogalski, Placzek, pschakrew! Annuschka, Annuschka!

Annuschka erscheint in der Schulstube.

Pogorzelski: Annuschka, mein Täubchen, sag Puttchen, er soll Kaffee machen und Kartoffelflinsen. Werden ich sorgen für Wagen, Herr Generalchen. Kommen rein in Stube.

Er ist vorangegangen ins Schulzimmer, aus dessen Türe er das letzte dem General zuruft. Lossow steht noch draußen bei dem Kutscher und hört infolgedessen nichts von dem folgenden Gespräch zwischen Pogorzelski, Annuschka und den Kindern.

Pogorzelski (in der Schulstube): Paschοll, schiwo, nach Hause mit euch! Schule ist aus. Morgen früh doswidanje. (Brüllt wieder zur Türe hinaus:) Rogalski, Placzek! (Schüttelt den Kopf.) Ist Montag, alles noch besoffen.

Aus der Türe der Schule kommen die Kinder.

Pogorzelski (drinnen): Annuschka, einen starken Kaffee, einen guten Kaffee.

Er geht hinaus, holt den General hinein in die Schulstube. Dann geht er hinüber in die leere Schmiede, nimmt das Schurzfell, das dort hängt, bindet es sich um, setzt seine Kappe auf, bläst das Feuer an, wird ganz selbstversunkene Tätigkeit.

Lossow (ist drinnen, ohne sich viel umzusehen, ans Fenster getreten, sieht Pogorzelski, ohne ihn zu erkennen, bei der Arbeit): Da ist ja der Schmied, der Kerl. Also immerhin eine Aussicht.

Pogorzelski: Ignaz, Jagel, Petruschka, herkommen! (Drei Jungen kommen.) Petruschka, bist Ältester, geh Straße runter, liegt Wagen kaputt.

Petruschka: Weiß, Pan Lehrer, weiß.

Pogorzelski: Mach Rad los, bring her; wirst können?
Petruschka: Ist schon los, Pan Lehrer. Bring ich. (Will abgehen.)
Pogorzelski: Stoj, halt! Kerls sollen Wagen ohne Rad zu Schmiede bringen, verstehst du?
Petruschka: Hab verstanden.
Pogorzelski: Schiwo, pascholl, bistu gleich wieder da. (Zu den anderen Jungen:) Hier den Zang halten — einen andern Blasbalg. Hastu?
Ignaz: Hab ich.
Jagel: Prozse Pan.
Pogorzelski (hält Eisen ins Feuer): Besser wie Schul, was?
Ignaz: Alles besser wie Schul, Pan Lehrer.
Pogorzelski: Sehr dumm, Ignaz, sehr dumm. Gibt viel, wo Schule ist viel besser. Wirstu lernen, wenn nicht mehr ganz so dumm. Festhalten, pschakrew! Zange festhalten! Rogalski, Schweinekerl! Warte — sollstu merken, wie ist, wenn ich und muß deine Arbeit machen.

Petruschka rollt das Rad heran. Pogorzelski nimmt es und besieht es, legt es in der Schmiede zurecht und beginnt zu hämmern.

Lossow (am Fenster): Der Kerl kann was. Gut der Mann, wie heißt der Mann? He — Meister!
Pogorzelski (über das Rad gebeugt): Kein Zeit, Herr Generalchen, kein Zeit. Erst Rad machen, dann kommen — Kaffee trinken, Kartoffelflinsen.
Lossow: Was denn, wie denn?
Pogorzelski sieht nicht auf, lacht.
Lossow: Ist Er nicht der Schmied?
Pogorzelski (hebt den Kopf, nimmt die Kappe ab): Binnen ich manchmal auch Schmied, Herr Generalchen.
Lossow: Und was ist Er sonst?
Pogorzelski: Binnen ich der Rektor Pogorzelski, Herr Generalchen, können ich ebensogut schmieden wie Rogalski. Wenn er besoffen ist, können ich sogar besser.
Lossow: Da muß ich wohl um Entschuldigung bitten.
Pogorzelski (lacht): Herr Generalchen, wenn ich Rad brechen, und Sie können ganz machen — würden Sie tun?
Lossow: Natürlich würde ich.
Pogorzelski: Sagen natürlich. Ist natürlich. Jeder tut, der kann. Wer nicht tut, kann nicht.

Rogalski, der Schmied, kommt betrunken die Straße entlang.

Pogorzelski: Rogalski, Pollack elendiger. Wo hastu gesteckt?
Rogalski: Ist Montag und kein Arbeit, Pan Lehrer.
Pogorzelski: Kein Arbeit, kein Arbeit? Schweinekerl! Hier steht

der Herr Generalchen und wartet. Muß ich dreckiges Schurzfell vor Bauch binden und deinen Arbeit machen.

Rogalski: Weg sehr weit, Pan Lehrer, und so viel zu sehen. (Lacht.)

Pogorzelski: Was lachstu?

Rogalski: Großer Wagen in Dreck, Rad kaputt — kein Stein, kein Loch. Klix, klax, brack! (Lacht.)

Pogorzelski (drohend): Was?

Rogalski (duckt sich): Nuscht, nuscht, bloß so.

Pogorzelski: Klix, klax — hastu gehört?

Rogalski (sieht sich um): Nuscht gehört, Pan Lehrer, nuscht. Bloß so.

Pogorzelski: Werd ich dich lehren, hören, was nicht gibt.

Rogalski (lacht): Haben gesehen Weiber, haben gemacht den Schabernack. Hockten bei Strohhaufen. Haben laut gelacht. Habe ich gekannt beide. Nuschka und ...

Pogorzelski: Hastu nichts gekannt, Schweinekerl. Warstu viel zu besoffen. (Packt Rogalski ins Genick, hebt ihn hoch, schreit:) Antonia, Pelagia, Katuschka, Maruschka! Herkommen alle Weiber!

Die Weiber, die seit der Ankunft des Generals hinter der Schmiede lungerten, kommen ängstlich und neugierig in einem Haufen.

Pogorzelski (hält ihnen Rogalski entgegen): Seht euch an, versoffener Schwein das. Wollt ihr so stinkenden Kerl in Bett, ja?

Die Weiber: Nein, Pan Lehrer.

Pogorzelski: Wollt ihr Kind von ihm, was ist noch dämlicher wie er, wenn voll Schnaps?

Die Weiber: Nein, Pan Lehrer.

Pogorzelski: Dann nehmt Karbatsch und verdrescht ihn, bis wieder nüchtern. Wenn er will was tun, mich rufen, verstanden?

Die Weiber (grinsend): Ja, Pan Lehrer.

Pogorzelski (läßt Rogalski fallen): Jetzt hol fünfzöllige Nägel, Dämlack, und Hammer und Zange. Alles muß Pogorzelski selber machen.

Rogalski torkelt ab, sucht in der Schmiede. Hinter der Schmiede kommt, geleitet vom halben Dorf, das schiefhängende Hinterteil des Lossowschen Wagens hervor, bleibt dort stehen. Gaffer, Kinder. Pogorzelski rollt das Rad zum Wagen, hebt ihn ganz allein hoch, stellt ihn zurecht, nimmt dann die Achse auf, schiebt das Rad auf, beginnt es zu befestigen. In diesem Augenblick kommt Pfarrer Naujoks, bleibt stehen, sieht mißbilligend zu und zieht seine Uhr.

Naujoks: Soviel ich weiß, ist noch Schule, Herr Lehrer.

Pogorzelski: Muß sein, Herr Pfarrer, muß sein. Können und können ich nicht ändern.

Naujoks: Gar nichts muß sein als Ihr Unterricht, noch dazu, wenn ich zur Visitation komme. Wo sind die Kinder?

Pogorzelski: Alle nach Haus, Herr Pfarrer, — alle! Hatten ich keine Zeit, zu lehren. Ist auch alles zu schwer für Kinder. Eine Kastanje und noch eine Kastanje — wieviel sind das, Herr Pfarrer? Sie wissen, ich wissen, woher soll Placzeks Jagel wissen? Ist zu schwer für Kinder. Braucht Geduld. Haben ich Geduld, Herr Pfarrer.

Naujoks: Geduld, Geduld — und benutzen Ihre Zeit zu Arbeiten für andere, die Sie nichts angehen.

Pogorzelski: Nichts angehen, Herr Pfarrer, nichts angehen? Ist Wagen von Herrn Generalchen. Ist Rogalski besoffen, ist Placzek nicht da, — wer soll machen? Kinder können morgen lernen, Leben ist so lang, Herr Pfarrer. Der Herr Generalchen können nicht warten.

Naujoks: Und die Visitation? Was soll ich berichten über das Ergebnis? Die Kinder waren fort, der Herr Lehrer stand in der Schmiede und spielte Wagenbauer?

Lossow (hat vom Fenster aus die Szene beobachtet, ist in die Türe getreten und hat sie mit angehört): Entschuldigen Sie, Herr Pfarrer, das ist nicht der richtige Sündenbock. Der bin ich. Ich hab nach einem Schmied geschrien, und weil keiner kam, hat der Herr Rektor sich meines Wagens angenommen — mit wahrhaft christlicher Nächstenliebe.

Naujoks: Exzellenz!

Lossow: Seine Pflicht hat er keineswegs vergessen. Er hat nur zuerst an die Pflicht gegen seinen Nächsten gedacht — ganz in Ihrem Sinne.

Naujoks: Aber Exzellenz!

Lossow: Ich hatte Pech mit meinem Wagen: jetzt darf er nicht noch Pech mit seiner vorgesetzten Kirchenbehörde haben. Lassen Sie mich nachsitzen — oder was gibt es sonst bei Ihnen an Kirchenstrafen?

Naujoks: Ich bitte Sie, Exzellenz!

Pogorzelski (ist während dieses Gespräches an dem General vorbei in die Schule getreten): Puttchen, Annuschka! Weibsvölker elendige! Wo bleibt Kaffee?

Annuschka: Gleich, Micha, gleich.

Puttchen: Gleich, Micha, gleich.

Pogorzelski: Gleich, Micha, gleich. Kocht er und kocht er nicht Kaffee. Muß der Herr Generalchen auf Kaffee auch noch warten. Trinkt der Herr Pfarrer auch einen Kaffee, bitte?

Naujoks: Ich habe Amtspflichten.

Lossow: Seien Sie nicht ungemütlich, Herr Pfarrer. Ich habe auch Amtspflichten, aber deswegen trinke ich doch gern Kaffee.

Naujoks: Wenn Exzellenz befehlen.

Lossow: Befehlen kann ich den geistlichen Behörden leider nicht. Ich kann nur bitten, der freundlichen Einladung des Herrn Rektors ebenso durstig zu folgen wie ich.

Pfarrer Naujoks tritt sauersüß zur Schule.
Placzek kommt torkelnd und zieht die Mütze.

Pogorzelski: Wo hastu gesteckt, Placzek?

Placzek murmelt etwas.

Pogorzelski: Wo warstu?

Placzek brummelt.

Pogorzelski: Warstu in Krug?

Placzek versucht, den Kopf zu schütteln.

Pogorzelski: Natürlich warstu.

Placzek murmelt etwas, lacht plötzlich laut.

Pogorzelski: Was lachstu?

Placzek (zeigt leicht schaukelnd mit dem Finger): Wagen!

Pogorzelski: Was ist mit Wagen?

Placzek: Kaputt. Klix, klax... (Lacht.)

Pogorzelski (haut ihm rechts und links eine herunter): Werd ich dir klix, klax. Morgen besserer Tag. Hab heute keine Zeit. Kannst dich freuen, Brüderchen.

Placzek schwankend ab.

Pogorzelski: Wagen fertig, Herr Generalchen, Kaffee nicht fertig. Soll man nichts Weibern lassen. Kommen Herr Pfarrer, trinken Kaffee, Viestation läuft nicht fort und Kinder auch nicht. Ist auch nicht gutt, wenn Lehrer bloß lehrt: soll er Kindern Exempel geben, selber helfen, wenn Schmied und Stellmacher besoffen. Wartet nur, Placzek, Rogalski! Kommt alles an die Reihe. Wenn der Weib, der elendige, und hatte bloß fertig den Kaffee! Kommen herein, Herr Pfarrer, kommen mit dem Herrn Generalchen, statt Kindern mich visitieren. Ist manchmal wichtiger, mein ich, zu kennen, was der Lehrer ist, als zu kennen, was Kinder wissen. Wissen ist Dreck, wenn Lehrer kein Lehrer, wie Predigen ist Dreck mit Verlaub, wenn Pfarrer kein Pfarrer.

Lossow (lacht): Aber, Herr Rektor!

Pogorzelski: Herr Generalchen, ist doch so! Hat der Weib endlich den Kaffee gemacht?

Annuschka und Puttchen haben einen wunderbaren Kaffeetisch gedeckt mit Kuchen, Flinsen, Riesenkanne; die Bühne dreht ihn jetzt leicht in die Mitte. Lossow, Pogorzelski, der Pfarrer gehen ins Wohnzimmer, setzen sich.

Pogorzelski: Gieß ein, Puttchen, gieß ein! Hat der Herr Generalchen lange genug warten müssen. Gib her, Annuschka, Flinsen.

Leg auf, ordentlich! Schmeckt gutt zu Kaffee. Wollen Zucker, wollen Salz?

Lossow: Zucker bitte. Sieht ja großartig aus.

Pogorzelski: Schmeckt viel besser, wie aussieht, Herr Generalchen. Puttchen, gib dem Herrn Pfarrer auch — ist jenug da, Herr Pfarrer. Nehmen ruhig mit Finger, Herr Generalchen, schmeckt viel besser wie mit Messer. Ist nicht zu heiß — der Herr Pfarrer weiß.

Naujoks: Ländlich, sittlich, Exzellenz.

Lossow: Nee, Herr Pfarrer, nicht bloß. Der Herr Rektor hat ganz recht. Mein Schwager Hippel, ein sehr gelehrtes Haus, sagt genau dasselbe vom Essen. Das Bearbeiten mit Messer und Gabel soll dem Geschmack gar nicht zuträglich sein.

Pogorzelski: Können in jede Anthropologie lesen, Herr Pfarrer. Essen doch Hühnerbein auch aus Hand, sogar bei König. Annuschka, gieß ein. Kaffee ist gutt.

Naujoks (ablenkend): Wie hat Ihr Unfall sich eigentlich zugetragen, Exzellenz? Die Straße ist gut, das Wetter ist trocken, ich habe mich gewundert.

Lossow: Ich mich auch, Herr Pfarrer. Ich wundere mich sogar immer noch. Wenn ich nicht nüchtern gewesen wäre, hätte ich mir eingebildet, ich wäre verhext. Als ob hier im finstersten Masuren heute noch Zauberweiber und Hexen ihr Wesen treiben.

Naujoks (lächelt): Es ist lange her, Exzellenz.

Lossow: Ich weiß nicht, Herr Pfarrer. Ich komme aus der Stadt der reinen Vernunft; aber das alte Preußen mit seinen Göttern und Hexen ist uns zeitlich noch verdammt nahe. Sehen Sie sich den Herrn Rektor an: ich meine, so kann der Kriwo Kriweite in Romowe ausgesehen haben, Sie wissen, der Oberpriester der Preußengötter.

Pogorzelski (lacht): Ganz anders, Herr Generalchen, ganz anders. Großer Bart und viele Haare und ganz alt. Können ich auch nicht hexen und Wind beschwören. Alles vergessen — zu lange her.

Lossow: Haben Sie gehört? Er hat es bloß vergessen. Im Grunde seid ihr hier alle noch Heiden, und lacht über uns, die wir aus dem zahmen Reich kommen. Euch traue ich allen nicht übern Weg. Die Weiber hatten auch sowas; sie hockten und lachten wie toll, als das Rad knickte und der Wagen einsackte. Es hatte was Unheimliches. Stellen Sie sich vor, Herr Pfarrer — (zu Pogorzelski:) Ihnen habe ich es ja schon erzählt: Lubrikat, das ist mein Kutscher, fährt ganz gemächlich im Trab die Straße hinab. Wir sind kurz vor Kutten, da ist rechts 'n großer Strohschober, oben drauf steht wie 'ne Vogelscheuche eine Weibsperson, nackte Beine, der Rock weht im Wind, die Arme hat sie hochgehoben und singt oder schreit was herüber. Unten steht eine zweite in derselben Stellung und schreit auch. Ich sehe hinüber, Lubrikat ebenfalls. Auf einmal hocken die beiden Weiber sich hin, rufen etwas, das klingt wie klix und klax und brack — wie meinen Sie, Herr Rektor?

Pogorzelski (hat halb und halb für sich mitgesprochen: klix und klax und brack): Meinen ich gar nichts, Herr Generalchen. Weibsvolk, elendiges, können und können nicht lassen.

Lossow: Was nicht lassen?

Pogorzelski: Machen, was nicht sollen, kommt Wagen vorbei.

Lossow: Sie haben recht, so sah es aus. Jedenfalls, ich sagte es ja schon, in dem Augenblick, in dem sie sich da hinhockten und riefen, es klang beinahe, wie wenn was bricht, so von den rauhen Altweiberkehlen geschrien, dabei waren sie noch gar nicht so alt — da gab das Rad 'n paar ganz ähnliche Laute von sich, und die Fahrt war zu Ende. Aus. Worauf die beiden denn wie toll zu lachen anfingen und mit einemmal hinter dem Strohschober verschwunden waren. Wie 'n Spuk am hellichten Tag.

Naujoks: Wenn Exzellenz das so erzählen, gerät man in Versuchung, selbst an Zauberer und Hexen zu glauben.

Pogorzelski: Nichts Zauber, nichts Hexen, Herr Pfarrer. Beerenweiber Schnaps getrunken, gelacht und geschrien und Unflat getan — Kutscher nicht auf Weg, auf Weiber gesehen, kommt erst Stein, kommt dann Loch — aus ist mit Rad. Braucht nicht Zauber zu brechen Rad.

Lossow: Brauchen nicht, aber kann er nicht helfen?

Pogorzelski: Guterletzt alles Zauber: Lied ist Zauber und Schnaps ist Zauber. Wind ist Zauber, Mond und Sterne — Weib auch (lacht), vielleicht sogar Zauber schlimmstes, wer weiß? Reine Vernunft von Professor Kant — alles Zauber, Zauber. Geht nicht ohne Zauber in Welt, meinen ich.

Naujoks: Das ist beinahe poetisch, Herr Lehrer. Aber der Herr General meint das anders. Er glaubt an heidnischen Zauber, und davon kann keine Rede sein. Das ist alles längst geregelt und vergangen. Höchstens die ganz Alten hängen noch daran, und die sterben aus. Der eine oder der andere redet vielleicht noch von Perkuhn oder Pikollos. Glauben ist keiner mehr am Leben. Das Evangelium ist überall siegreich geblieben und im Vordringen, auch in den Herzen.

Lossow: Haben Sie hier nicht manchmal ein schweres Amt, Herr Pfarrer?

Naujoks: Die Armen im Geist brauchen das Evangelium am meisten.

Pogorzelski: Herr Pfarrer, meinen ich, Gizycki und Rogalski und Placzek für Evangelium zu dämlich. Brauchen Ordnung, sich waschen und bloß einmal in Woche besoffen sein. Evangelium kommt zu Weihnachten mit schönes Christkind und Kripplein — denn verstehen. Anders viel zu schwer für Leute hier. Immer vormachen, wie sein soll: das beste für sie. Reden hilft nicht.

Lossow: Genau wie bei meinen Soldaten.

Naujoks: Für die militärische Erziehung und die Schule mag das richtig sein, die geistliche Unterweisung bleibt trotzdem notwendig.

Pogorzelski: Recht hat der Herr Pfarrer; Evangelium notwendig, aber erst Prügel und Schule, dann am Sonntag, wenn ausgeschlafen haben, Matthäus und Markus und Lukas und Johannes. Sonst verstehen nicht. Brägen viel zu hart, muß erst weich geklopft werden, wie Braten von altem Ochs.

Lossow: Ist das nicht die schwerste Arbeit, Herr Rektor?

Pogorzelski: Arbeit immer schwer, Herr Generalchen, aber machen Spaß: Kinder lehren ist Bestes. Auch wenn dumm. Können nicht rechnen, können singen. Singen bester Weg zu Evangelium. Annuschka, gib Herrn Pfarrer Flinsen.

Lossow: Sie haben Kinder, Herr Rektor?

Pogorzelski: Herr Generalchen, leider nicht — sehr leider.

Lossow: Was nicht ist...

Pogorzelski: Wird nicht mehr, wird nicht mehr.

Puttchen: Er denkt immer, ist meine Schuld, denkt er.

Pogorzelski: Still, Weib.

Puttchen: Ist doch so, weiß ich doch. Frag Annuschka.

Pogorzelski: Weib elendiger...

Puttchen: Wieso, kann ebenso an dir liegen.

Pogorzelski will ausbrechen. Annuschka sieht ihn bittend an.

Lossow: Wieviel Kinder haben Sie hier zu unterrichten, Herr Rektor?

Pogorzelski: Fünfundzwanzig, Herr Generalchen, zwanzig aus Kutten.

Lossow: Ist das viel oder wenig?

Pogorzelski: Viel zu wenig. Fünfzig waren richtig; aber ist schön auch mit fünfundzwanzig. Macht Spaß, Herr Generalchen.

Lossow: Der geborene Schulmeister! Eigentlich schade!

Pogorzelski: Wieso schade?

Lossow: Ist das was für einen Mann wie Sie, tagaus, tagein Einmaleins und Katechismus und Schiefertafel und immer bloß Kinder?

Puttchen: Für ihn können gar nicht genug sein von den dreckigen Rangen.

Pogorzelski: Kinder das Beste von Welt, viel besser wie Große.

Lossow: Man kann doch nicht sein Leben lang in die Schule gehen, erst als Schüler, nachher als Lehrer.

Pogorzelski: Ist doch überall dasselbe, Herr Generalchen. Fängt an Rekrut, hört auf General. Fängt an Student, hört auf Professor. Binnen ich Professor in Kutten. Puttchen, gieß Kaffee ein!

Lossow: Warum schlug der Teufel seine Großmutter? Weil sie keine Ausrede wußte.

Pogorzelski: Ist nicht Ausrede, ist Wahrheit. Können nicht wissen, Herr Generalchen, wie Lebben hier ist. Lebben in große Stadt, pfui Deibel. Immer Menschen, immer Arbeit, immer guten Tag, Frau Oberst, guten Morgen, Herr Graf. Wie ist der Befinden, was macht der Verdauung? Armes Mann, armes Mann.

Lossow: Ausrede, mein Lieber, umgekehrter Spieß. (Spricht wie Pogorzelski:) Lebben in Kutten, pfui Deibel! Niemals Menschen, niemals Unterhaltung und Gespräch: immer pschakrew Rogalski, doswidanje Mamutschka. Reden Sie mir doch nichts vor, Mann, — reden Sie sich doch nichts vor! Was machen Sie denn hier? Der einzige Mensch, mit dem Sie reden können, ist der Herr Pfarrer, und mit dem können Sie nicht reden, der ist Ihr Vorgesetzter. Der kommt zur Visitation, wenn Sie mal gern'n ordentlichen Speech machen möchten. Und dazu denn so'n richtiger ostpreußischer Winter — ich danke.

Pogorzelski: Was haben gegen Kinder, was haben gegen Winter, Herr Generalchen? Winter gutt, Winter beste Zeit für uns. Eis auf See und Schlittenfahren. Luft kalt und klar, Schnee machen allen Dreck sauber und nichts draußen zu tun. Alle Zeit für dich, kannst singen und lesen. Schöne Lieder und Geschichten und Philosophie, und was du willst — Winter ist beste Zeit.

Lossow: Wenn's bis zur Philosophie reicht...

Pogorzelski: Reicht, Herr Generalchen, reicht immerzu. Ist Kutten wie Königsberg, liest der Herr Pfarrer Kant, lesen ich Seneca. Und wenn Kopp raucht, laufen ich Schlittschuh über Eis nach Lyck: vides ut alta stet nive candidum Soracte — ist gleich da drüben.

Lossow: Horaz in Kutten.

Pogorzelski: Nicht bloß Horaz, nicht bloß Seneca. (Springt auf, läuft zu einem kleinen Bücherbord.) Haben ich geerbt, Tacitus —

schreibt von hier, von alten Prussen, kluges Mann! Masur auch Preuß, auch alte Heid, alte Galinder, kein Pollack — is nicht. Und Homer — ach Herr Generalchen! Und Lukrez — nichts für Herrn Pfarrer, nicht genug fromm. Vergil und Plautus — Plautus ist wie Kutten, Herr Generalchen, und Augustinus — kennen Augustinus?

Lossow: Mann, ich bin bloß Infanterist.

Pogorzelski: Müssen kennen, Herr Generalchen, müssen lesen. Ist katholisch, aber ist gutt, sehr gutt. Gib mich Flinsen, Puttchen. Ist erst mein fünfter. Schmeckt gutt.

Lossow: Sie lesen das alles in der Ursprache?

Pogorzelski (nickt kauend): Latein leichter wie Deutsch, Griechisch viel leichter — ist wie Prussisch. Deutsch sehr schwer, einen vertrackten Sprach. Können und können ich ihn nicht lernen. Ist sich viel mehr wie Sprach, müssen ich nicht Wörter, müssen ich Seel lernen. Bei Schreiben immer Puttchen muß helfen, nicht, Puttchen? Kann besser Deutsch wie ich. Lateinisch und Griechisch haben ich alles gelernt, ist sehr leicht. Für Kinder reicht Deutsch meiniges. Wissen immer, was ich will. Können selber nicht mehr.

Naujoks: Der gute Rektor ist ein echter Masure. Er steht mit dem Deutsch sein Leben lang auf dem Kriegsfuß.

Pogorzelski: Deutscher Sprach mit mir auf Kriegsfuß, Herr Pfarrer. Nicht ich mit deutscher Sprach. Stellt Bein, wo keiner denkt. Gräbt Loch, wenn du siehst nach Himmel — Lebben ist schneller wie Grammatik — pardauz liegst du auf Nase! Deutscher Sprach, sehr schöner Sprach, schönsten Sprach, meinen ich, aber Sprach, was kommt immer neu aus, wenn du lieben, wenn dich freuen oder ärgern oder wenn singst. Können lernen jeden Sprach — Deutsch können nicht lernen. Gibt Gott oder gibt nicht. Mir nicht gegeben.

Lossow: Ich finde, mit Ihnen kann man sich trotz Ihres vertrackten Deutsch ausgezeichnet verständigen.

Pogorzelski: Versteh ich Herr Generalchen auch sehr gutt, versteh ausgezeichnet.

Lossow: Trotz meines leidlich korrekten Deutsch?

Pogorzelski: Richtig Deutsch schwer zu sprechen, viel schwerer zu verstehen.

Lossow: Dann nehm ich's für ein Kompliment, Herr Rektor. Aber ich war noch nicht fertig; weil man Sie nämlich so gut versteht, Trefflicher, deswegen dürfen Sie sich nun nicht etwa hinter den Schwierigkeiten der deutschen Sprache verschanzen und sich an Masuren und Kutten klammern. Ist ja möglich, daß Sie sich hier wohl fühlen. Aber Sie können sich anderswo genau so fühlen, und dabei etwa als Pfarrer ganz was andres leisten.

Puttchen: Siehst du, Micha, siehst du. Was hab ich gesagt? Der Herr Exzellenz sagt ganz dasselbe. Schrecklich, immer hier. Aber faul ist er, immer faul, Herr Exzellenz.

Pogorzelski: Herr Generalchen, menschlicher Lebben kurzer Spaß. Hast nicht Zeit zum Herumlaufen hier, Herumlaufen da. Bleib, wo du bist, bleib, was du bist. Wer du bist, bleibst du von allein. Wozu immer ändern? Fertig machen, wo angefangen, viel besser.

Lossow: Herr Pfarrer, was sagen Sie dazu? Der geistliche Oberhirt muß am besten Bescheid wissen.

Naujoks: Ich bin geneigt, der Auffassung des Herrn Lehrers zuzustimmen.

Pogorzelski: Siehstu, Puttchen, der Herr Pfarrer meint wie ich. Gib ihm Kaffee, Annuschka, gib ihm Flinsen. Essen, Herr Pfarrer, essen, wird bloß kalt und schmeckt nicht, kriegen die Schweine. Nehmen ich auch.

Lossow: Warum, Herr Pfarrer?

Naujoks: Zwischen Pfarrer und Lehrer ist nicht bloß ein Unterschied in der Ausbildung, sondern im Wesen. Man kann ein sehr guter Lehrer und ein sehr schlechter Geistlicher sein.

Pogorzelski: Das ich meinen, Herr Pfarrer, ganz genau.

Naujoks: Der Herr Rektor ist ein ausgezeichneter Lehrer — trotz der ausgefallenen Visitation.

Pogorzelski: Sollen nicht um Vergnügen kommen, Herr Pfarrer, — holen nach.

Naujoks: Zwischen Kirchenlehre und Christenlehre ist ein großer Unterschied, vor allem hier.

Lossow: Warum gerade hier?

Naujoks: Die Bevölkerung steht dem geistlichen Leben sehr fern.

Pogorzelski: Zu schwer, Herr Generalchen, zu schwer für Leute.

Naujoks: Gerade darum aber bedarf es einer Führung, die aus geistlicher Erfahrung den Zugang zu Christo zu schaffen vermag.

Lossow: Ist das tätige Vorbild nicht wichtiger, Herr Pfarrer?

Naujoks: Der Glaube entscheidet, Exzellenz.

Pogorzelski: Viel zu schwer, Herr Pfarrer, viel zu schwer. Wie wollen Rogalski vormachen, was ist Glauben? Können vormachen helfen, können vormachen nicht saufen, vormachen, Weib nicht prügeln — Glauben können nicht vormachen. Fehlt alles.

Naujoks: Das ist es, Sie fordern nicht. Man muß fordern.

Pogorzelski: Wo nichts ist, hat sogar König Recht verloren. Gut fordern, wenn armes Hund nicht versteht, was wollen.

Naujoks: Dann ist es Ihre Aufgabe als Seelsorger, so mit ihm zu sprechen, daß er versteht.

Pogorzelski: Wenn aber doch nicht versteht?

Naujoks: Er muß verstehen oder muß glauben. Er braucht ja gar nicht zu verstehen.

Pogorzelski: Wieder bei Glauben! Wie wollen Placzek kriegen zu glauben? Herr Generalchen, haben ich recht?

Lossow: In Religionsgespräche soll man sich als Soldat nicht mischen.

Pogorzelski: Ist sich kein Religionsgespräch, ist sich Schulgespräch.

Naujoks: Sehr richtig – ein Schulgespräch über Religion, und das geht nicht. Sie haben noch gar nicht gesehen, worum es der Kirche geht. Stellen Sie sich vor, Exzellenz, ein Mädchen erwartet ein uneheliches Kind. Was tut sie? Sie kommt nicht zu mir, weil sie weiß, ich mache ihr strenge Vorhaltungen, verlange Reue und Buße; sie geht zum Herrn Lehrer, und der verhilft ihr zu einer Stelle, wo sie das Kind ungestört zur Welt bringen kann.

Pogorzelski (lacht): Binnen ich Lehrer, Herr Pfarrer, kein Pfarrer – können ich bloß vormachen, nicht bessern. Helfen ist sich bestes Vormachen. Hilft Petronella später anderes Mädchen, wenn kommt und kriegt kleines Kind.

Naujoks: Gut, gut, aber das ist nicht christlich.

Pogorzelski: Nicht christlich?

Lossow: Ich weiß nicht, Herr Pfarrer...

Naujoks: Das ist Heidentum, Rest aus der Preußenzeit, die zwischen ehelich und unehelich keinen Unterschied machte.

Pogorzelski: Unterschied ist auch nicht sehr groß, Herr Pfarrer.

Lossow (lacht): Sachte, sachte, Meister.

Naujoks: Sehen Sie, Exzellenz, so ist es immer. Immer stoße ich auf diese Reste. Immer schiebt das Weltliche sich vor das Geistliche. Immer Widerstand, immer Schwierigkeiten. Ich werde froh sein, wenn ich den Staub von meinen Schuhen schütteln kann.

Pogorzelski: Aber, Herr Pfarrer, was sollen Leute machen, wenn nicht mehr da?

Naujoks: Die haben ja Sie, die kommen ja doch zuerst zu Ihnen.

Pogorzelski: Zu mir kommen bloß mit dummen Sachen. Wenn wird Ernst, kommen zu Ihnen. Wenn eins stirbt...

Naujoks: Dann setzen Sie sich ans Bett, stecken die Sterbekerze an, und wenn das Sterben zu lang dauert, machen Sie's am

Ende auch wie die alte Morawskische mit ihrem Mann. Denken Sie, Exzellenz, bei dem war die Kerze schon ganz runtergebrannt, so daß für die Alte selbst nur noch wenig übrigblieb. Die Kerzen werden hier aufgehoben in der Familie und jedesmal angesteckt, wenn eins zum Sterben kommt. Wie der Alte nun Stunde um Stunde daliegt, ich war gerade gekommen und wollte mit ihm sprechen, — da kriegt die Alte es mit der Angst, hört auf mit ihrem Gemurmel, das das Beten ersetzt, sieht ihren schwer atmenden Mann vorwurfsvoll an und fragt ganz trocken: „Na, Alterchen, sag: mechtst nich?"

Lossow lacht.

Pogorzelski: Sind sparsam, immer. Sterbelichter viel Geld. Kommen auch holen zu Hochzeit und Kindstauf — kein Fest ohne Herrn Pfarrer.

Naujoks: Jawohl, weil ich nun mal hier eingesetzt bin, aber nicht, weil ihnen am Segen des Herrn gelegen.

Pogorzelski: Wissen doch gar nicht, was Segen des Herrn. Kennen bloß, was sehen. Kennen Herrn Pfarrer, kennen mich, machen nach, was der Herr Pfarrer tut, was der Herr Lehrer tut. Werden verbessert durch Sehen viel mehr als durch Predigt.

Naujoks: Das ist der Standpunkt eines Lehrers, nicht eines Geistlichen. Sie wollen gute Werke lehren, das ist beinahe Katholizismus.

Pogorzelski: Ist Bestes, was zu tun. Können Leute zeigen, können schon schwer lehren, was wollen predigen? Vormachen, vormachen!

Naujoks: Ihnen hat es immer Freude gemacht, den Leuten ins Handwerk zu pfuschen. Einmal spielen Sie Schmied, einmal spielen Sie Tischler. Eigentlich müßten Sie gern bereit sein, auch mal mir ins Handwerk zu pfuschen, vorzumachen, wie man Pfarrer sein muß.

Pogorzelski: Viel zu schwer, Herr Pfarrer, viel zu schwer. Wissen ich nicht, was zu sagen, daß Placzek heiliges Abendmahl versteht und Rogalski Dreieinigkeit. — Bleiben ich hier in meine Kate mit Kindern, viel schöner, viel leichter. Bleiben ich Lehrer in Kutten.

Lossow: Daß man Euch immer erst aus Eurer Ruhe herausholen muß.

Pogorzelski: Ein schöner Lied, Herr Generalchen: Der Ruh ist wohl das Beste von ganzem Glück der Welt. Nichts gegen Ruhe, Herr Generalchen: Gott ist die Ruhe. Gegen Ruhe ist gegen Gott.

Lossow: Gott ist ebenso die Bewegung, Herr, die Welt ist nicht ohne Bewegung. Wenn ich Ihr Vorgesetzter wäre, morgen müßten Sie anfangen. Bloß um Sie aus Ihrer verdammten Ruhe zu bringen.

Pogorzelski: Was sollen ich anfangen, Herr Generalchen?

Lossow: Studieren, Examen machen. Was Sie sagen, Herr Pfarrer, ist schön und gut. Aber der Rektor bestiehlt ja den lieben Gott um einen seiner besten Männer.

Puttchen: Siehst du, der Herr Exzellenz sagt auch. Bitte, Herr Exzellenz, befehlen ihm zu studieren.

Lossow: Lehrer sind keine Rekruten, Frau Rektor. Ich kann Ihrem Mann nur raten, in seinem Interesse und im unsrigen. Sie tun, als sollten Sie aufs Schafott und nicht auf die Kanzel. Dabei sollen Sie gar nicht auf die Kanzel. Sie sollen helfen, Leute erziehen. Und das nicht bloß hier in Ihrer Residenz Kutten. Sie sollen weiterwirken, Mann.

Pogorzelski: Wollen ich nicht weiterwirken, Herr Generalchen, ist genug mit Kutten und mit Kindern. Brauch ich keine Rogalskis und Placzeks, wenn haben Maruschkas und Jagels und all die nassen Nasen. Und denn, was sagt Herr Pfarrer Drygalski?

Lossow: Was für ein Pfarrer Drygalski?

Pogorzelski: Geheimes Oberkonsistorialrat von Drygalski in Königsberg meinen ich. Edzard Fürchtegott von Drygalski.

Lossow: Sie kennen Herrn von Drygalski?

Pogorzelski: Sehr kennen, sehr lieben. War er, hat mir gesagt: Michael, hat er gesagt, hastu schönen Stimm. Kannstu gut singen, laut singen, komm her, lern Lehrer. Darfst auch Orgel spielen. Haben ich gesagt, Tschenkuje, Pan! Haben gelernt. Erst in Johannisburg, dann in Königsberg. Er mich zum Lehrer gemacht, er mir geholfen — was sagt Herr Pfarrer Drygalski, wenn ich kommen und sagen: Herr Pfarrer, ich wollen auch Herr Pfarrer werden. Geht nicht, Herr Generalchen, geht nicht.

Lossow (lacht): Wissen Sie, mein Lieber, daß der alte Herr noch viel mehr Freude hätte, wenn Sie Pfarrer würden?

Pogorzelski: Glauben ich nicht, glauben ich nicht. Herr Pfarrer Drygalski sehr klug, mehr klug als wir alle.

Lossow (lacht): Mit Drygalski will ich reden, das ist nicht schlimm.

Pogorzelski: Doch, Herr Generalchen, schlimm, sehr schlimm. Wird nicht wollen, der Herr Pfarrer Drygalski.

Naujoks: Ich glaube, Exzellenz, der Herr Lehrer hat wirklich recht. Auch mit Herrn von Drygalski. Der ist nicht bloß Pfarrer, der ist Geistlicher und weiß, was dazu gehört. Bedenken Sie auch die mangelhafte deutsche Sprache, wie die ihn behindern würde.

Lossow: Herr Pfarrer, ich meine, ein Kerl ist wichtiger als seine Rede. Meine besten Feldwebel verwechseln auch mir und mich.

Naujoks: Ein Geistlicher ist kein Feldwebel, Exzellenz.

Pogorzelski: Guter Pfarrer ist mehr wie guter Feldwebel, Herr Generalchen. Feldwebel ist Mutter von Kompanie. Guter Pfarrer muß sein wie Vater und Mutter, streng und gut, hart und streichel.

Lossow: Alles, was Sie sagen, bestärkt meine Meinung.

Naujoks: Das allein macht noch nicht den Pfarrer.

Puttchen: Wenn er und wäre nicht so faul, Herr Exzellenz. Er ist faul und redet sich aus.

Pogorzelski: Annuschka, du sagst kein Wort. Was sagst du?

Annuschka schüttelt den Kopf.

Pogorzelski: Was ist nein?

Annuschka schweigt, sieht vor sich hin.

Pogorzelski (nickt): Wirst recht sein, Annuschka, ganz recht.

Puttchen: Annuschka, Annuschka, immer Annuschka. Was weiß Annuschka? — Nichts weiß sie. Aber ich weiß, ich sehe. Ich muß hier sitzen, jahraus, jahrein, wo ich aus Lyck bin, und verkomme hier auf dem Dorf zwischen Weibern und Dreck. Erst hastu mich geheiratet, und nun bist du zu faul, etwas zu werden.

Lossow: Seien Sie nicht ungerecht, Frau Rektor. Ihr Mann ist schon was geworden.

Pogorzelski (gutmütig): Weib elendiger, red er und red er und weiß nicht, was er red. Einer red wenig, ist klug, einer red viel, ist dumm. Warum redst du so viel?

Puttchen: Weil ich fort will von hier. Weil ich nicht in diesem Loch hausen, weil ich weiter will. Ich halt es nicht mehr aus hier, und du könntest ganz anders leben. Du hättest Geld und nicht bloß Deputat; kannst Bücher kaufen, sogar ein Spinett.

Pogorzelski: Ein Spinett?

Lossow: Spielen Sie?

Pogorzelski (nickt): Dem Klavier und der Orgel und dem Violin. Masur machen immer Musik. — Einen Spinett meinstu?

Puttchen: Ja, ich meine. Tu es, Mann, lerne Pfarrer. So schwer kann es doch nicht sein.

Pfarrer und Lossow lachen.

Puttchen: Ein Pferd kriegst du auch.

Pogorzelski: Pferd ist gutt. In Sommer reiten, in Winter über Eis laufen. Pferd ist gutt.

Lossow: Der Haken sitzt, das freut mich. Leute wie Sie haben in Ihrem Alter noch kein Recht auf Ruhe. Aber jetzt muß ich ...

Pogorzelski: Herr Generalchen, nein, hat Puttchen so viel Kaffee und nach Kaffee gehört kleiner Korn. Wagen wartet geduldig, Rad hält.

Lossow: Das verdammte Rad! Dabei habe ich Ihnen noch gar nicht richtig gedankt, Herr Rektor.

Pogorzelski: Essen Flinsen bei mir und trinken Korn — ist besten Dank, Herr Generalchen. Annuschka, gib Schnapschen. Saufen ist schlecht, aber Schnapschen ist gutt.

Lossow: Herr Rektor, würden Sie meinem Kutscher vielleicht einen Schluck Kaffee ...

Pogorzelski: Nicht Kaffee, Herr Generalchen, großen Korn. Schmeißt nicht um, ruhige Mann, haben ich gesehn.

Lossow: 'n ruhiger Mann ist Lubrikat.

Pogorzelski: Bring ich ihm Korn, gieß ein, Annuschka, nicht so kleines Glas, bring großes, ist er sonst traurig. Komm ich gleich wieder. (Ab.)

Lossow: Ein Prachtkerl.

Naujoks: Gewiß, Exzellenz, in seinem Bereich.

Lossow: Nicht bloß in seinem Bereich. Wir haben nicht so viele, daß man ihn hier versauern lassen darf. Entschuldigen Sie, es ist Ihre Gemeinde, und Sie sind dagegen; aber Sie werden verstehen ...

Naujoks: Gewiß, Exzellenz.

Pogorzelski (draußen): Hallo, Mann!

Lubrikat, auf dem Wagen sitzend, fährt auf.

Pogorzelski: Trinkst du Korn?

Lubrikat: Wenn ich hab.

Pogorzelski: Kleines Korn?

Lubrikat: Großes lieber.

Pogorzelski: Hier hastu.

Lubrikat trinkt.

Pogorzelski: Groß genug?

Lubrikat: Konnt größer sein.

Pogorzelski (lacht): Das ist menschlicher Lebben. Korn immer zu klein. Konnt immer größer sein. Nastrovie, bratte! (Geht zurück.)

Lossow (hat sich inzwischen erhoben und seinen Pelz angezogen): Frau Rektor, schönsten Dank für Flinsen und Kaffee!

Puttchen: Und mein Mann, Herr Exzellenz?

Lossow: Der wird schon selbst das Rechte finden. Um den ist mir nicht bange. Wenn Sie ihm weiter gut zureden...

Puttchen: Ich werd zureden, ich werd immer zureden. Ich will hier raus — er muß hier weg.

Pogorzelski: Muß er? Alle müssen weg, einer bald, einer nicht bald. Warum muß er?

Lossow: Das wird Ihnen Ihre Frau sagen, Herr Rektor. Ich muß aufbrechen, sonst komm ich zu spät ins Quartier. Es ist schlechtes Fahren, wenn's abends wieder friert. Unten Modder und oben Eis ist nicht gut für die Pferde.

Pogorzelski (lacht): Für Menschen auch nicht, Herr Generalchen.

Lossow schüttelt Puttchen, Annuschka, dem Pfarrer die Hand.

Pogorzelski (setzt sich die Lammfellmütze auf): Bring ich den Herrn Generalchen raus. Gib dem Herrn Pfarrer einen Korn. Gib ihm. Kommen ich gleich wieder.

Puttchen, Annuschka, Pfarrer sitzen schweigend.

Lossow (besteigt draußen den Wagen, schüttelt Pogorzelski die Hand): Ich freu mich, daß ich Ihnen begegnet bin, Herr Rektor. Auf Wiedersehen!

Pogorzelski: Ist mir ebenso, Herr Generalchen. Wenn die Fenster klar bleiben von drinnen und draußen, ist Lebben richtig. Und Lebben muß richtig sein, muß es nicht?

Lossow (nickt): Sie können jederzeit zu mir kommen und sagen: jetzt is so weit, jetzt hilf mir. Dann sprech ich mit dem Minister. Groeben tut mir den Gefallen und bringt Sie nachher auch unter.

Pogorzelski: Bringen ich lieber mich selber unter.

Lossow: Recht haben Sie. Ich will auch gar nicht protegieren.

Pogorzelski: Weiß ich, Herr Generalchen. Schöne Pferde!

Lossow: Und zäh. Haben schon manche Meile heute gemacht. Aber nun endgültig: auf Wiedersehen! (Er grüßt unwillkürlich militärisch. Pogorzelski nimmt die Kappe ab, sieht ihm nach, geht dann langsam zurück zu den andern.)

Pogorzelski: Herr Generalchen fort. Schade!

Naujoks: Ihrem Haus ist große Ehre widerfahren.

Pogorzelski: Freude größer als Ehre, Herr Pfarrer. Haben ich einen Mann getroffen, und richtiger Mann ist selten wie schwarzer Storch.

Naujoks: Und einen angesehenen und hochgestellten.

Puttchen: Er kann dir sehr nützen, und er will dir helfen, hat er gesagt.

Pogorzelski: Wer kann andern helfen, Weib? Muß jeder sich selber helfen, wenn soll richtig sein.

Naujoks: Ich muß jetzt auch gehn, Frau Lehrer. Auf Wiedersehn! Die Visitation setzen wir ein andermal an.

Pogorzelski: War doch Visitation, Herr Pfarrer, – Visitation für Lehrer, nicht für Kinder.

Naujoks: Sie sagten es schon. Auf Wiedersehn, Herr Lehrer.

Pogorzelski begleitet ihn hinaus. Puttchen stellt Tassen und Kannen aufs Brett, trägt hinaus. Annuschka sieht durch die Schulstube Pogorzelski entgegen. Er kommt langsam, eine Melodie pfeifend, zurück.

Pogorzelski: Ist gutt, Annuschka, haben wir wieder Ruhe.

Annuschka: Haben wir?

Pogorzelski: Hast recht. Ruhe ist aus. Wird er und wird er reden, ich soll Pfarrer studieren. Moj bosche – der Herr Generalchen ist so ein guter Mann.

Puttchen (in der Türe): Du solltest auf ihn hören. Er hat recht, und ich hab recht, hat er gesagt. (Wieder ab.)

Pogorzelski: Hat er recht, Annuschka?

Annuschka schüttelt den Kopf.

Pogorzelski: Siehstu, sag ich auch; aber Puttchen sagt anders. Wird er recht behalten. (Faßt in die Tasche und zieht Kastanien heraus, lacht.) Placzeks Jagel – begreift er nicht, daß eine und eine zwei sind. Begreifstu? Ich auch nicht. Eine und noch eine – auf einmal ist ganz was anderes. Menschen machen sich Lebben zu schwer, viel zu schwer, könnt viel schöner sein. (Tritt zur Türe hinaus in den Abend.)

Wuta (kommt draußen aus dem Schatten der dämmernden Hauswand): Sagst du so, Micha; du weißt – kannst du auch? Sei nicht dumm, Micha, – komm mit; gehen wir zurück, woher gekommen. Wird Winter, kommt Schnee, kommt Eis auf See. Geh mit in den Wald, ist warm, ist gutt bei uns. Wirst wieder richtig, was willstu hier? Bloß Arbeit, bloß Lernen, bloß dumm. Komm mit, freuen sich alle.

Pogorzelski: Kann nicht, Weib. Muß bleiben, weitergehen. Wer A sagt ...

Wuta: Armer Hund.

Pogorzelski: Wieso armer Hund?

Wuta: Kommst immer weiter weg.

Pogorzelski: Kommen nicht weg.

Wuta: Bist schon weg.

Pogorzelski: Bin hier.

Wuta: Weißt gar nicht, wo du bist.

Vollmond steigt gelb auf.

Wuta: Kommt Mond übern See. Horch, wilde Ente schreit. Fliegt nach Hause. Komm mit nach Hause, Micha! Laß den

Pfarrer, den Kirch, den Lehrer — wissen nicht von dir, weißt nicht von ihnen. Hast gelegen hinter Perkuhns Stein, hast Fischchen gebraten für Pikoll, gehörst zu uns.

Pogorzelski: Zu wem gehört Mensch? Weißtu?

Wuta: Wem gut ist.

Pogorzelski (lacht): Wem bistu gut, Wuta?

Wuta (lacht): Bist du noch viel dümmer, Micha. Kannst bald Pfarrer werden.

Pogorzelski: Soll Pfarrer werden.

Wuta (juchzt): Micha Pfarrer! Wer will, du sollst?

Pogorzelski: Der Herr Generalchen will, Puttchen will, alle wollen.

Wuta: Willst du auch?

Pogorzelski (zuckt die Achseln): Warum nicht?

Wuta: Weißt du selbst, ist falsch. Bist bloß eitel wie Pfarrer, möchtst auf Kanzel stehn, Rad schlagen, großer Schwanz, eia, eia — Micha, bist du ein Esel. Komm nach Haus, komm in Wald. Bleibst du Micha, bleibst du stark. Wirst du Pfarrer, mußt vergessen Perkuhn, vergessen Micha, vergessen Halka und Wuta und Mamutschka. Bist du Mann, Micha, brauchst Weib, willst Kind — bist du Pfarrer, hast du Puttchen, nichts als allein.

Pogorzelski: Ordnung muß sein.

Wuta: Ordnung kannst du haben, wenn du tot bist. Wenn du lebst, machst du Unordnung mit Küche und Essen, machst Unordnung mit Weiber und Kinder.

Pogorzelski: Pfarrer ist Ordnung.

Wuta: Du und Pfarrer — ach, Micha — soll ich lachen, soll ich weinen, kommst nicht wieder, gehst noch weiter; aber geh, geh (sie verschwindet langsam in der Dämmerung), find ich dich, find ich dich immer und lach dich aus, bis wieder richtig.

Pogorzelski (allein): Was ist menschlicher Lebben? — Sehr schwer, sehr schwer.

Es wird dunkel.

Zweite Szene

Dieselbe Szenerie: die Bühne hat sich nur etwas weiter gedreht, so daß Pogorzelskis Wohnzimmer in die Mitte gerückt ist. Schulstube und die Straße draußen liegen im Dunkel, über dem Land Sterne. Links neben dem Wohnzimmer ebenfalls dunkel Pogorzelskis Schlafzimmer; unter hohen Bettengebirgen liegt in einem Bett Annuschka, im andern Puttchen.

Pogorzelski sitzt im Wohnzimmer am Tisch, den er an der rechten Seitenwand bis kurz vor das Fenster geschoben hat, so daß sein Profil von dessen dunklem Viereck sich abhebt. Auf dem Tisch brennen zwei Kerzen.

Puttchen (tritt in der Nachtjacke in die Türe): Komm schlafen, Micha.
Pogorzelski: Muß lesen.
Puttchen: Warum mußt du?
Pogorzelski: Keinen Zeit bei Tage.
Puttchen: Wenn du liest, lernst du?
Pogorzelski: Was fragst du?
Puttchen: Sollst lernen.
Pogorzelski: Zu was?
Puttchen: Pfarrer werden.
Pogorzelski: Geh schlafen!
Puttchen: Micha, du mußt Pfarrer werden.
Pogorzelski: Geh schlafen!
Puttchen: Der Herr Exzellenz hat auch gesagt.
Pogorzelski: Verstehst du nicht.
Puttchen: Versteh ich doch. Sollst Examen machen.
Pogorzelski: Pfarrer sagt, soll nicht.
Puttchen: Pfarrer neidisch, hat Angst, du kannst besser wie er.
Pogorzelski: Was weißtu?
Puttchen: Weiß ich ganz genau. Die Frau Pfarrer hat selber gesagt.
Pogorzelski: Weibergetratsch!
Puttchen: Komm in Bett, Micha.
Pogorzelski: Geh schlafen!
Puttchen: Im Pfarrhaus viel mehr Platz.
Pogorzelski: Geh ins Pfarrhaus.
Puttchen. Mußt erst Pfarrer werden.
Pogorzelski: Will nicht.
Puttchen: Willst schon, hast bloß Angst.
Pogorzelski: Angst, vor was?
Puttchen: Angst vor allem, vor Arbeit, vor Pfarrer, vor was Leute sagen.
Pogorzelski: Geh schlafen!
Puttchen: Am Ende kannst auch nicht.
Pogorzelski: Wieso?
Puttchen: Der Pfarrer sagt, du kannst nicht.
Pogorzelski: Hat er nicht gesagt.
Puttchen: Hat er gesagt.
Pogorzelski: Hat er anders gemeint.
Puttchen: Warum willst du denn nicht?

Pogorzelski: Will nicht.
Puttchen: Wirst schon wollen.
Pogorzelski: Kann nicht.
Puttchen: Warum nicht?
Pogorzelski: Pfarrer werden ist nicht bloß Examen machen, ist nicht bloß Arbeit wie Schmied oder Knecht oder Kutscher – ganz anders. Kannst alles lernen, bist du doch nicht Pfarrer, wenn nicht Pfarrer bist. Verstehstu nicht.
Puttchen: Aber du kannst Examen machen. Der Herr Exzellenz will dir helfen.
Pogorzelski: Kann er mir nicht helfen, kann er helfen Lehrer sein oder Kutscher oder Inspektor, kann er nicht helfen Pfarrer sein. Kann keiner helfen, bloß lieber Gott.
Puttchen: Der Herr Pfarrer von Drygalski hat auch geholfen.
Pogorzelski: Hat geholfen Lehrer werden, nicht Pfarrer. Geh schlafen!
Puttchen: Bin nicht müde. Sollst lernen, Micha.
Pogorzelski: Störst Arbeit, Weib elendiger.
Puttchen: Liest ja bloß. Lesen ist kein Arbeit. Wenn du Pfarrer bist, kannst du immer lesen. Kannst Bücher kaufen.
Pogorzelski: Brauch keine.
Puttchen: Schöne Bücher, neue.
Pogorzelski: Haben meine.
Puttchen: Gibt bessere.
Pogorzelski: Für mich gut genug.
Puttchen: Wenn du Pfarrer bist, nicht.
Pogorzelski: Binnen ich nicht Pfarrer!
Puttchen: Kannst Pfarrer werden, Micha.
Pogorzelski: Können ich nicht werden.
Puttchen: Der Herr Exzellenz sagt, du kannst.
Pogorzelski: Er nicht wissen.
Puttchen: Ist klüger wie du. Was hast du, wenn du bleibst? Bist du allein, hast du keinen Freund, bloß den Herr Pfarrer, und ist nicht dein Freund. Wirst selber Pfarrer, sitzt du neben dem Herrn Grafen, neben dem Herrn Baron, hast immer Tischtuch auf dem Tisch, keinen Kinderdreck im Haus. Bist ein Herr, Micha.
Pogorzelski: Wieso Herr?
Puttchen: Der Herr Pfarrer.
Pogorzelski: Binnen ich der Herr Lehrer.
Puttchen: Bist Pan Lehrer, Micha, bist bloß Lehrer. Weißt selber, Micha. Warum willst du nicht?
Pogorzelski: Will nicht.
Puttchen: Du willst bloß, daß wir hier bleiben, und daß ich nicht

nach Königsberg komme und hier leben muß mit Beerenweibern und Annuschka und der Frau Pfarrer.

Pogorzelski: Was hastu gegen Annuschka?

Puttchen: Weißt du.

Pogorzelski: Wissen ich nicht.

Puttchen: Weißt du doch.

Pogorzelski: Woher?

Puttchen: Wissen alle.

Pogorzelski: Weiber elendige, tratschen!

Während der letzten Phase der Unterhaltung ist Puttchen unmerklich immer größer, die Unterhaltung immer leiser, unwirklicher geworden. Sie steht hinter einer Kommode in der Türe, die die Erhebungsvorrichtung der Bühne für den Zuschauer unsichtbar macht.

Puttchen: Kein Weibergetratsch. Bist verliebt, Micha.

Pogorzelski (für sich): Annuschka!

Puttchen: Mußt Pfarrer werden, Micha, alles leichter.

Pogorzelski: Meinst du?

Puttchen: Brauch ich nicht sonntags mit Klingelbeutel durch Kirche gehen, wenn du Orgel spielst. Sitz ich in erste Bank und geb Dittchen rein, wenn du auf Kanzel betest.

Pogorzelski: Können ich nicht beten.

Puttchen: Ist ganz leicht, Micha. Leicht wie zaubern.

Pogorzelski: Meinstu?

Puttchen: Bist du erst Pfarrer, alles anders. Kannst du viel mehr, bist du viel mehr. Betest: „Komm, Herr Jesus, sei unser Gast" — kommt er wirklich, zu sitzen bei dir. Wirst sehen, Micha.

Pogorzelski: Wenn er und kommt wirklich, glauben nicht schwer.

Puttchen: Mußt Pfarrer werden, wenn du glauben willst. Glauben für Pfarrer so leicht, für Lehrer so schwer. Komm schlafen, Micha. Kommen in Bett!

Pogorzelski (wie im Halbschlaf): Muß lesen, muß arbeiten, am Tag keinen Zeit.

Puttchen (leise schmeichelnd): Eia, Herr Pfarrer, eia.

Verschwindet im Dunkel der Türe. Man sieht nicht, wie sie ins Bett geht.

Pogorzelski (dessen Kopf leicht auf die Brust gesunken ist, hebt sein Gesicht, sieht sich nach Puttchen um, geht an seine Lektüre): Eritis sicut deus, scientes bonum et malum — binnen ich wie lieber Gott und wissen nicht, was zu tun. Lieber Gott, machen klug, wenn du können. Bist allmächtig, kannst allmächtig, wie Pfarrer sagt. Wenn ich Pfarrer, werden ich auch sagen (lacht für sich): Micha Pogorzelski, Kuhjunge aus Lapianken — Herr Pfarrer, Herr Pfarrer! Geht nicht, geht nicht. (Liest, sieht vor sich hindrömelnd durch das dunkle Fenster. Draußen heller Mondschein, man sieht das Land. Durch die Wand kommt Rogalski, steht reglos neben Pogorzelskis Tisch, bis der den Kopf von dem Buch, über dem er eingenickt ist, aufhebt.)

Pogorzelski: Was willstu, Rogalski? Warum schläfst du nicht? Ist spät in Nacht.

Rogalski (immer halblaut): Kann nicht schlafen – viele Kinder.

Pogorzelski: Machen Lärm?

Rogalski: Haben Hunger.

Pogorzelski: In Nacht?

Rogalski: Immer. Viel Brott nötig.

Pogorzelski: Helfen bald verdienen.

Rogalski: Bald – nicht jetzt.

Pogorzelski: Warum kommstu?

Rogalski (dreht seine Mütze): Kommen fragen.

Pogorzelski: Was fragen?

Rogalski: Haben ich gegeben Nägel zu Rad, hat Pan Lehrer Band geschmiedet an meinem Feuer.

Pogorzelski: Haben ich.

Rogalski: Denk ich, General hat bezahlen Rad – ist dabei Teil meiniges.

Pogorzelski (lacht leise, schüttelt den Kopf): Hat er nichts bezahlt, der Herr Generalchen, haben ich getan umsonst.

Rogalski (kratzt sich hinterm Ohr): Mit meine Nägel, mit mein Eisen. Kosten Geld, viele Kinder.

Pogorzelski (überlegt, nickt): Recht hast du, Rogalski, binnen ich gewesen guter Christ auf deine Kosten. Haben meinen Nächsten geholfen mit Gut von Armen. Schwerer Glauben, christlicher Glauben! Sehr schwer Pfarrer werden.

Rogalski: Pan Lehrer Pfarrer werden?

Pogorzelski: Hat General gesagt, ich sollen.

Rogalski (lacht): Pan Lehrer Pfarrer? Moj bosche kochanne.

Pogorzelski: Was lachst du?

Rogalski: Lehrer kein Pfarrer.

Pogorzelski: Hab ich Pfarrer gesagt.

Rogalski: Was sagt Herr Pfarrer?

Pogorzelski: Sagt, tu's nicht.

Rogalski: Hat recht, hat recht; muß jeden bleiben, was ist. Schmied ist Schmied, auch wenn nicht schmiedet, kannst nicht lernen Schmied, kannst bloß lernen schmieden wie Pan Lehrer. Pan Lehrer hat geschmiedet Band für Rad, dobsche; kann schmieden, gut schmieden, gute Arbeit. Aber ist nicht Schmied, wird nicht Schmied. Ist Lehrer, bleibt Lehrer. Hat liebe Gott gewollt. Spielt einen Orgel, kriegt anderen Seele als wenn immer Mist fährt.

Pogorzelski: Bist du klug, Rogalski, haben ich nicht gewußt. Warum bistu klug?

Rogalski (halblaut, unwirklich): Wenn dunkel, auch kleines Licht hell. Ist Nacht, Pan Lehrer, — alles anders: ich klug, ihr Pfarrer! (Lacht wieder.) Pan Lehrer predigt in Kirche, moj bosche!

Pogorzelski: Können ich predigen, Dämlack!

Rogalski (beginnt ebenfalls zur Decke zu wachsen): Kannst nicht, Pan Lehrer, kannst nicht. Redst wie wir, redst nicht wie Pfarrer. Werden lachen — mußt nicht, mußt nicht. Bist guter Mann, bist starker Mann — gehörst zu uns, gehörst nicht zu lieben Gott. Zu schwer, mußt nicht!

Pogorzelski: Was weißt du?

Rogalski: In der Nacht wissen alle. Kommen alle zu dir, wollen hören, wie du predigst. (Lacht wieder, jetzt lautlos.)

Pogorzelski: Werden ich dir halten Predigt ganz allein, wirst du sehen, ich können.

Rogalski (schon halb in der Mauer): Weißt selber, kannst nicht. Klix, klax, brack — geh Fischchen braten für Pikoll, geh nicht auf Kanzel. Kannst zaubern, kannst nicht glauben; (zischelt:) Pfarrer ohne Glauben! (Verschwindet.)

Pogorzelski (bleibt eine Weile reglos sitzen, fährt auf, als aus dem Nebenzimmer Puttchens Stimme klingt.)

Puttchen: Micha, komm schlafen. Kostet zuviel Licht. Ist teuer.

Pogorzelski: Muß lesen, muß arbeiten.

Puttchen: Sollst lernen, studieren, Pfarrer werden! (Die Bettstatt knackt.)

Pogorzelski sitzt, starrt vor sich hin in das Licht. Die Stubentür zum dunkeln Schulzimmer öffnet sich lautlos. Maruschka, ein junges Mädchen, kommt herein, ein Kind an der Brust. Sie scheint zu schweben, gleitet unhörbar hinter Pogorzelskis Stuhl.

Maruschka (leise): Pan Lehrer, Pan Lehrer.

Pogorzelski: Maruschka, was kommstu? Ist Nacht, ist kalt.

Maruschka: Kleines krank, große Hitze, Angst, große Angst!

Pogorzelski: Besser im Bett als in kalte Nacht.

Maruschka: Bleibt nicht im Bett, schreit, will auf Arm. Prosche Pan Lehrer helfen, Kleines gesund machen.

Pogorzelski: Golubuschka, gesund machen können Doktor, können Herrgott, können ich nicht.

Maruschka: Pan Lehrer kann alles. Hat geholfen, wenn Kind kam, wird helfen, wenn krank.

Pogorzelski: Nachts in Kutten. Geh zum Herrn Pfarrer, hat vielleicht Medizin.

Maruschka: Geh nicht, schimpft. Pan Lehrer besser wie Pfarrer.

Pogorzelski: Sei still!

Maruschka: Ist so. Pfarrer böse.

Pogorzelski: Pfarrer müssen strenge sein.

Maruschka: Streng zu mich, gutt, nicht zu Kind. Was können Kind dafür?

Pogorzelski: Herr Christus auch streng.

Maruschka: Nicht mit Kinder. Läßt zu ihm kommen. Lieber Herr — nicht streng.

Pogorzelski: Weißt du nicht, Maruschka, sagt zu Matka Boska: „Weib, was haben ich zu schaffen mit dich?" War sehr streng, glauben ich. Strenger als der Herr Pfarrer. Geh zum Herrn Pfarrer. Bitten um Medizin!

Maruschka: Wird nicht helfen.

Pogorzelski: Warum nicht?

Maruschka: Gibt nicht gerne, Pfarrer. Gibt, weil muß. Helfen gutt, wenn gern helfen.

Pogorzelski: Soll allen helfen, Pfarrer, können nicht jedem gern helfen.

Maruschka: Dann kein Pfarrer!

Pogorzelski: Richtiger Pfarrer dann. Helfen, wenn gerne helfen, andere auch können. Er müssen immer können.

Maruschka: Pan Lehrer immer können. Kinder gerne haben. Warm bei ihn.

Pogorzelski: Moj bosche, Maruschka.

Maruschka: Pan Lehrer, wenn Pfarrer war, war gutt.

Pogorzelski: Nicht gutt, Maruschka, nicht gutt.

Maruschka: Kommen zu Pan Pfarrer mit Kleines, wird nicht krank. Immer dableiben.

Pogorzelski: Geht nicht, Maruschka, binnen ich kein Pfarrer, können ich keinen werden.

Maruschka: Beste Pfarrer für uns.

Pogorzelski: Zuviel mit euch nicht gutt. Pfarrer was sein bloß von diese Welt, keinen Pfarrer.

Maruschka: Wo sein andere Welt?

Pogorzelski: Frag einen Pfarrer. Er wissen. Ich nicht wissen.

Maruschka (sieht auf das Kind): Schläft, Kleines. Ganz ruhig. Kopp nicht mehr heiß.

Pogorzelski (leise): Schlafen lassen.

Maruschka (leise): Nicht mehr Fieber. Kleines gesund. Pan Lehrer gesund gemacht.

Pogorzelski: Sei still, Maruschka.

Maruschka beugt sich über Pogorzelskis Hand, steht lange so und küßt sie.

Pogorzelski: Maruschka!

Maruschka hebt langsam ihr Gesicht, weicht rückwärts zur Wand.

Pogorzelski: Binnen ich kein Pfarrer.

Maruschka (summt ein Liedchen):

Kindchen, schlaf, scheint draußen Mond,
Bellt der Hund, Maruschka weint,
Hat vom Liebsten Kind gekriegt...

Annuschkas Stimme: Micha.

Maruschka (mit ganz ähnlicher Stimme, ganz leise): Micha.

Entschwebt durch die Wand.

Pogorzelski: Wo sein andere Welt? Warum andere Welt? Diesen Welt schwer genug für arme Leute. Brauchen nicht andere. – Pogorzelski Michael – was sollen tun?

Er sitzt zusammengesunken in seinem Stuhl, blättert Seiten um. Im Fenster steht plötzlich eine uralte Frau in einer weißen Nachtjacke vor der hellen Landschaft. Sie hält in der Hand eine dicke, lange Kerze. Pogorzelski bemerkt sie zuerst nicht. Als er aufblickt und sie sieht, schrickt er zusammen.

Was willstu?

Die Alte schüttelt den Kopf.

Pogorzelski: Was ist? Mitten in Nacht?

Die Alte (hält ihm die Kerze entgegen): Verbiestert.

Pogorzelski: Bist du verbiestert?

Alte: Alle verbiestert. Du auch. Besprich das Licht!

Pogorzelski: Binnen ich nicht Pfarrer.

Alte: Bist mehr wie Pfarrer. Weißt noch von allem.

Pogorzelski: Weiß nicht.

Alte: Micha Pogorzelski, hab ich deine Mutter gekannt, hab ich deine Großmutter gekannt; wußten von Kurko, wußten von Potrimpos – warum weißt du nicht? Besprich das Licht – hast das alte besprochen.

Pogorzelski: Sei still, Mamutschka.

Alte: Keinen hört, keinen weiß. Nacht ist richtig, Zauber gut heute. Besprich! (Sie tritt durch die Wand ins Zimmer.)

Pogorzelski: Dürfen nicht zaubern, Pfarrer verboten.

Alte (lacht lautlos): Was weiß der?

Pogorzelski: Soll Pfarrer werden, ich.

Alte: Gut, Micha, gut. Besser als der. Weißt viel mehr.

Pogorzelski: Müssen viel lernen.

Alte (schüttelt den Kopf): Mußt nicht, mußt nicht. Kommst von uns, weißt von uns, kannst predigen von uns. Besser als von fremdes Buch und Kreuz und Steigen aus Grab.

Pogorzelski: Schwer, sehr schwer.

Alte: Ist nicht schwer, ist ganz leicht. Denkst an Mutter, denkst an Großmutter, an Kurko, großen Zaubergott. (Lacht lautlos.) Denkst an Wuta und Hanka. Schläfst mit Wuta und Hanka. Viele Kinderchen, hast keine, armer Micha.

Pogorzelski: Keine, keine. Bloß Annuschka –

Alte: Bittest Perkuhn, wird dir helfen. Besser als Herr Christus. Besprich das Licht – kann sonst nicht sterben.

Pogorzelski: Brauchst nicht sterben.

Alte: Bin alt.

Pogorzelski: Alte leben lang.

Alte: Deine Mutter war kleines Kind, Micha, als ich den Jaczko nahm. Ist lange tot Jaczko, Staniez auch tot, bin alt. Ganz alt. Besprich das Licht. (Sie bläst gegen die Kerze, diese flammt auf. Sie hält sie Pogorzelski gebieterisch entgegen.)

Pogorzelski (wie im Traum): Waido, aidas – samo glaukuljas.

Alte: Waschko su Jesu, maschku su metra.

Pogorzelski: Aidas kai szwentas – (stöhnt) moj bosche.

Das Licht in der Hand der Alten erlischt.

Alte: Guter Micha, haben besprochen. Licht nun richtig, sterben auch. Jetzt können er kommen.

Pogorzelski: Wer können kommen?

Alte: Pfarrer können kommen, wenn ich an Sterben. Können nichts machen, brennt das Licht nach dem rechten Spruch. Micha – du Pfarrer werden!

Pogorzelski: Können nicht, können nicht.

Alte: Beste Pfarrer, der wissen, wie ist Mensch. Du wissen, du kennen. Kannst zaubern: wirst Kriwo Kriweite in Kirche. Helfen dir Pikoll und Perkuhn – bist du der Stärkste überall.

Pogorzelski: Können nicht helfen.

Alte: Hilf du ihnen – kommen wieder und helfen dir! Strohkranz in Haar und große Pelz um, Bernsteinkrone für Annuschka und alle Fischchen kommen zu dir: wirst reich, wirst stark wie Waidewutis. Werd Pfarrer, Micha, für uns, mit uns. Stellen die Lichter um dich, bist mehr wie Pfarrer...

Sie entgleitet durch die Wand, die Kerze flammt noch einmal in ihrer Hand auf, brennt eine Weile reglos, ehe sie der Hand der Alten folgt und ebenfalls verschwindet.

Pogorzelski: Sollen ich? Sollen ich nicht? Möcht ich und möcht ich ein Zeichen haben. Lieber Gott, bistu so groß, gib kleines Zeichen. Ist nicht schwer für dich. Wollen ich tun, was du sagen. Gib! Ich nicht wissen, was soll. Alles so schwer. Glauben schwer, lieben schwer, du müssen helfen.

Annuschka (unsichtbar hinter ihm): Micha!

Pogorzelski (ohne sich umzudrehen, leise): Annuschka!

Annuschka (bleibt unsichtbar): Ist so schwer?

Pogorzelski: Ist schwer, Annuschka. Liebhaben nicht schwer, Lieben schwer.

Annuschka: Mußt liebhaben, Micha. Ist leicht, ich weiß.

Pogorzelski: Annuschka, mußt schlafen.

Annuschka: Kann nicht schlafen, immer an dich denken.

Pogorzelski: Sehr schwer menschlicher Leben. Sollen ich fort, Pfarrer werden?

Annuschka: Mußt nicht, Micha, nicht gutt für dich.

Pogorzelski Denken ich auch. General will.

Annuschka: Willst du, Micha?

Pogorzelski: Ich nicht wissen, Annuschka. Ist vielleicht gutt für dich.

Annuschka: Warum gutt für mich, Micha?

Pogorzelski: Kommstu mit, wenn ich Pfarrer. Kommt neuer Lehrer, ist jung, ist stark: kannst du heiraten, Annuschka. Kommt junger Pfarrer, mich helfen, wenn zuviel Arbeit: kannstu werden Frau Pfarrer.

Annuschka: Micha, wie dumm bist du!

Pogorzelski: Warum dumm?

Annuschka: Ach, Micha, Micha. (Ihre Stimme wird ganz leise und verhallt.) Liebhaben auch schwer. Sehr schwer.

Stille. Pogorzelski sitzt reglos, ohne zu blättern, im Stuhl. Ein Ton geht durch die Nacht, ein Klingen. Pogorzelskis Kerzen verlöschen: für ein paar Augenblicke stehen Rogalski, die alte Frau, Maruschka, Puttchen, plötzlich stumm und regungslos um ihn, jedes an der Stelle der ursprünglichen Erscheinung. Wieder ein ferner, überirdischer Ton: sie sind verschwunden, die beiden Kerzen auf dem Tisch flammen wieder auf.

Pogorzelski (hebt sein Gesicht, reibt sich die Augen): Was ist menschlicher Leben? Lebt einer und ist kein Leben, träumt einer und ist Leben. Gibt er beides, Tag und Nacht, Leben und Traum. Wo ist Unterschied? Wer weiß Unterschied? Ist so schwer wie wissen, was gutt und was böse, was falsch und was richtig. Haben ich gedacht, ist richtig zu helfen Generalchen und machen Rad. Haben er auch gedacht. Haben gesagt: hast du gut gemacht, Pogorzelski. Und was ist? Kommt Pollack dämlicher und weiß: Alles falsch. Hat recht, schlimmer als heiligen Crispin. Der stehlen bei Reichen, ich stehlen bei Armen. Lieber Gott — warum Leben so schwer machen? Bistu allmächtig, warum nicht leichter? (Sitzt eine Weile stumm, starrt vor sich hin. Dann steht er auf, faltet die Hände.) Wollen ich mit dir reden, Herrgott. Mann gegen Mann. Sollen ich kommen in dein Haus und lehren alle Völker, daß sie glauben an dich und deinen eingeborenen Sohn? Sollen ich nicht? Sagen du, was richtig. Binnen ich Lehrer, gerne Lehrer; geht mich mit Kinder wie deinem Sohn: sollen alle zu mir kommen, wie Annuschka kam. Ist jetzt groß, ist sich kein Kind mehr, aber gutt für mich.

Puttchen eifersüchtig, Weiber schwatzen: schisko jedno — machen nichts! Binnen ich Pfarrer, kommt Kirchenrat, sagt, tu weg Annuschka! Sagt der Herr Generalchen, sollen ich Pfarrer werden. Binnen ich faul, binnen ich gerne in Kutten, möchten gerne bleiben. Wenn du sagen, Micha Pogorzelski, sei getreues Knecht, komm in Haus meiniges: gutt, ich kommen. Wenn du sagen: Geh weg, gutt. Ich gehen, Lehrer bleiben. Wenn du sagen nichts, ich nicht wissen, was tun. Herrgott liebes, geben mich Zeichen, kleines Zeichen, was tun. Werden ich warten an Fenster, bis du gibst. Fallen Sternschnupp, sagst du ja, komm, Pogorzelski — fallen keinen...

Stellt sich ans Fenster, sieht zum Himmel. Aus dem Nebenzimmer klingt Puttchens Stimme: Micha, komm in Bett! Pogorzelski steht regungslos und wartet.

Pogorzelski: Keine Antwort. Sollen ich nicht? Sollen ich länger warten? Wem sonst fragen? Ist keinen, der kann sagen. Pfarrer deiniges sagen nein: das gelten nicht. Weib meiniges sagen ja, gelten auch nicht. Hören wir beide nicht drauf. Aber hören du auf mich? — Keinen Sternschnupp, keinen Zeichen. Ist so, bleibt so. Zeichen sind für die Auserwählten, sind wir ja bloß die Bekehrten, die Heiden. Warum toben die Heiden? Wollen ich dir sagen: Waren eher da. Lange vor euch. Gehörte Land uns und Viehzeug, nicht deutschen Herren. Perkuhn älter als dein Sohn. Seid ihr gekommen, weither, sind wir immer gesessen hier. Land unsriges, Glauben euriges; wo sein Recht?

Eine Sternschnuppe zieht fern über den Himmel.

Pogorzelski: Jetzt reden, jetzt Sternschnupp! Was heißt Sternschnupp? Heißt ja, heißt nein, heißt gar nichts? Gelten nicht mehr. Gut, wenn denken an dich. Nicht gut, wenn denken an Perkuhn. Schicken er Stern? Schicken du Stern? Wissen ich, was tun?

Puttchens Stimme: Micha, komm schlafen.

Pogorzelski: Kommen, kommen.

Er löscht die eine Kerze, dann die andere. Dunkel, das Mondlicht fällt durch die Scheiben. Sterne. Pogorzelski steht als riesiger Schatten vor der hellen Landschaft draußen. Tiefe Stille.

Pogorzelski: Ganz still. Steht geschrieben, in Schweigen von Menschen liebe Gott reden. (Faltet die Hände.) Herrgott, liebes, bitten ich dich, helfen mich, raten mich! Hastu geredet zu Moses, zu viele alte Hebräer, sagen du, was tun! Haben viele gehört Stimme deiniges in Rauschen von Wind und Rauschen von See; lassen hören ein Wort in Stille von Nacht, in Stille von Herz meiniges. Lieber Gott, sagen du, was richtig! Ich nicht haben anderen zu fragen, was ist. Haben nur dich. Ein Wort, einen Stimm: Können wissen ich, was tun, können wissen, was glauben. Brauchen ich nicht glauben, wissen ich. Lieber Gott, ist Nacht, Vater unser, führen mich aus Versuchung. Geben mich kleinen Schups, wollen ich warten in große Geduld. Dein Wille geschehe.

Langes Schweigen, tiefe Stille. Ferne knackt Puttchens Bettstatt.

Pogorzelski: Nuscht, nuscht. Keinen Zeichen, keinen Stimm. Anderen er helfen; hören, was sagt, wissen, was will. Mir nicht helfen. Mir er schweigen; nicht da für uns. Haben ich gewußt. Haben ich immer gedacht. Glauben uns nicht helfen; müssen allein können, was nöttig, tun, was nöttig, lernen, was nöttig. Müssen ich Pfarrer lernen ohne Ja von ihm, ist sich zu gutt zu reden mit Schulmeister von Kutten. Müssen selber Stimme werden, wenn andere und halten Mund.

Puttchen: Micha, kommst du?

Pogorzelski: Kommen ich, Puttchen. Weib elendiger, kommen ich. Pfarrer werden ich auch, nun gerade!

ZWEITER AKT

Erste Szene

Königsberg. Die Bühne ist dreigeteilt, rechts das Arbeitszimmer des Generals von Lossow. Links ein festlicher Raum, Speisesaal, dazwischen großer Empfangsraum. Erhellt ist zuerst nur das Arbeitszimmer, die andern Räume werden sinngemäß während des Fortgangs der Handlung erleuchtet. General von Lossow sitzt am Schreibtisch arbeitend. Im dämmrigen Festsaal sind Ordonnanzen beim Decken der Tafel beschäftigt, ein Diener faltet Servietten und stellt sie auf.

General von Lossow klingelt. Ein Amtsdiener kommt.

Lossow: In das Vorzimmer des Herrn Ministers.

Amtsdiener: Zu Befehl, Exzellenz. (Ab. Kommt nach einiger Zeit wieder.) Exzellenz ...

Lossow (schreibend): Na, Preuß?

Amtsdiener: Eine Frau ist draußen, sie sagt, sie hätte gehört, Herr General brauchten eine Aushilfe im Haus.

Lossow: Brauchen wir eine, Preuß?
Amtsdiener: Exzellenz, brauchen kann man immer eine.
Lossow: Wie sieht sie aus?
Amtsdiener: Forsch, Exzellenz, kräftig.
Lossow: Laß sie kommen. Mal ansehen.
Amtsdiener: Zu Befehl, Exzellenz.

Ab, kommt mit Wuta zurück, die städtisch gekleidet wie eine Frau aus dem Königsberger Hafenviertel wirkt.

Wuta: Gesegneten Abend, Herrche.
Lossow (sieht sie verwundert an): 'n Abend. Sie suchen Arbeit?
Wuta: Hab gehört, Herrchen haben Arbeit.
Lossow: Von wem haben Sie das gehört?
Wuta: Vom Kutscher, Herrchen.
Lossow: Was weiß Lubrikat von unserer Arbeit, Preuß?
Wuta (zum Amtsdiener): Ist er Preuß?
Lossow: Er heißt Preuß.
Wuta: Heißen einer Preuß, ist er Preuß.
Amtsdiener: Wir sind alle Preußen, Frauchen.
Wuta: Viele sind Preußen, viele sind Deutsche. Großer Unterschied, Herrche.
Lossow: Sie meinen, er ist ein Nichtdeutscher?
Wuta: Meinen ich.
Lossow: Preuß ist ein ebenso guter Deutscher wie ich.
Wuta (lacht): Preuß nicht deutsch, gehört zu uns.
Lossow (sieht sie bei ihrem Lachen nachdenkend an): Sie kommen mir so bekannt vor.
Wuta (schüttelt den Kopf): Nie gesehn, Herrche.
Lossow: Wo war das doch? — Das klang genau so? Richtig, ja — wo kommen Sie her?
Wuta: Kommen ich aus Kutten.
Lossow (sieht sie starr an): So hieß das Nest, wo der Wagen brach.
Wuta (lacht wieder): Wege sehr schlimm.
Lossow: Das lachte genau so.
Wuta: Lachen viele so.
Lossow: Dann müssen Sie den Lehrer kennen.
Wuta (lacht): Waren ich nie in Schule, immer Beeren gesucht am See.
Lossow: Wie hieß er — Pogorzelski, glaube ich.
Wuta: Waren ein Hütejung, der hieß so. Lange her.
Lossow: So alt sind Sie noch gar nicht.
Wuta: Binnen ich viel älter, Herrche. Aber können ich arbeiten. Geben mich Arbeit!

Lossow: Preuß, bringen Sie die Frau nach hinten in die Küche. Frau Lubrikat soll's mit ihr versuchen.

Wuta: Danke, Herrche, danke.

Lossow: Bitte, bitte, wollen's versuchen. Frau Lubrikat wird sehen.

Preuß mit Wuta ab.

Lossow (wieder am Schreibtisch, schreibt. Klingelt. Ein anderer Amtsdiener kommt): Zur Post nach Berlin.

Amtsdiener: Befehl, Exzellenz.

Lossow (erhebt sich, geht auf und ab. Eine Ordonnanz kommt, steht stramm): Was ist?

Ordonnanz: Herr Pfarrer Kuttner bittet, Exzellenz sprechen zu dürfen.

Lossow: Pfarrer Kuttner – kenn ich nicht. Was will er?

Ordonnanz: Zu Befehl, Exzellenz, weiß nicht. Bringt eine Frau mit.

Lossow: Frau? Ist sie hübsch?

Ordonnanz: Zu Befehl, nein, Exzellenz.

Lossow: Alt?

Ordonnanz: Zu Befehl, ja, Exzellenz.

Lossow: Was er will, hat er nicht gesagt?

Ordonnanz: Zu Befehl, nein, Exzellenz.

Lossow (sieht nach der Uhr): Halb sechs – da geht es gerade noch. Laß ihn rein.

Ordonnanz: Zu Befehl, Exzellenz. (Ab.)

Pfarrer Naujoks kommt mit seiner sehr langen Frau herein.

Naujoks: Unser erster Gang in Königsberg mußte Ihnen gelten, Exzellenz.

Lossow (verwirrt): Sie sind's, Herr Pfarrer, pardon, Herr Konsistorialrat? Natürlich, aus Kutten. Aber da war doch vorhin auch die Frau – entschuldigen Sie, manchmal ist die Welt wie verzaubert. Wenn jetzt noch der Rektor – aber nehmen Sie doch Platz, Frau Rat. Bitte, Herr Pfarrer. Wie gefällt es Ihnen in der Residenz?

Frau Naujoks: O Exzellenz!

Lossow: Haben Sie gutes Quartier gefunden?

Naujoks: In der Burgstraße, Exzellenz. Die alte Amtswohnung von Pfarrer Radtke. Leider ohne Garten.

Lossow: Die Stadt, die Stadt. Daß die Menschen sich so zusammendrängen, nicht? Wo sie sich doch gegenseitig nicht ausstehen können. Der natürliche Zustand ist das Land, wo man möglichst weit voneinander sitzt, und dabei wachsen die Städte von Jahr zu Jahr mehr. Komisch – was?

Frau Naujoks: Ach, Exzellenz!

Naujoks: Es hat auch seine guten Seiten, wenn die Menschen zusammenkommen. Ohne das gäbe es keine Entwicklung...

Lossow: Keine Kinder, kein Familienleben.

Frau Naujoks: O Exzellenz!

Naujoks: Keine Kultur des Geistes und der Seele.

Lossow: Kultur habe ich im allgemeinen mehr da gefunden, wo die Menschen auf sich allein angewiesen waren, wo jeder wachsen mußte, wie es seiner Art entsprach, ohne Drückebergerei in andere Regionen, was man dann gern Kultur nennt.

Naujoks: Ich verkenne die Gefahren der Stadt nicht...

Frau Naujoks: Die Mädchen, Exzellenz, die Mädchen...

Lossow: Gott, gnädige Frau, sind die nicht überall dieselben?

Naujoks: Es ist ein Unterschied. Und in vieler Beziehung wäre ich lieber auf dem Lande geblieben. Wenn nicht die Rücksicht auf die Laufbahn...

Lossow: Genau wie beim Militär, mein Lieber, genau so. Aber Sie haben es ja nun erreicht...

Naujoks: Die erste Stufe...

Lossow: Zum Kirchenrat...

Naujoks: Zu neuen Ufern.

Lossow: Und neuen Aufgaben. — Übrigens Aufgaben — was macht mein Freund, der Rektor mit dem vertrackten Deutsch?

Naujoks: Ach ja, der gute Pogorzelski. Wir werden ihn bald hier wiedersehen.

Lossow: Hat er sich doch entschlossen?

Naujoks: Die Frau ließ ihm keine Ruhe. Er mußte. Exzellenz haben ja damals auch zugeredet; daran hielt sie sich und drängte immer wieder. Da hat er sich um des häuslichen Friedens willen seufzend an die Arbeit gemacht. Ich finde ja bei aller schuldigen Ehrfurcht, Herr General, daß Pogorzelski mit seinem Sträuben recht hatte. Der Schuster soll bei seinem Leisten und der Lehrer bei seinen Kindern bleiben.

Frau Naujoks: Nicht wahr, Exzellenz?

Lossow (lacht): Wenn der Lehrer ein Schuster ist, mag das richtig sein. Wenn er ein Kerl ist wie Pogorzelski, wird es falsch.

Frau Naujoks: Aber Exzellenz!

Lossow: Frau Konsistorialrat, entschuldigen Sie. Ich überschätze die Tätigkeit des Pfarers weiß Gott nicht; aber die des Lehrers noch viel weniger. Der Mann hat das Zeug zum Erzieher in sich. Es gibt aber immer noch mehr gute Lehrer als gute Pfarrer. Da soll man die Gelegenheit ergreifen, einem auf die Kanzel zu helfen, der hinauf gehört.

Naujoks: Gehört er wirklich? Ich sage nichts gegen seinen Charakter. Aber der Mann stammt aus dem finstersten Preußen, aus einer Gegend, wo die Leute noch heute an die alten Götter glauben. Und dann denken Sie an seine Sprache!

Lossow: Wo einer herstammt, ist egal. Und wenn einer etwas in sich und zu sagen hat, das anderen helfen kann, dann wird er auch den rechten Weg finden, es zu äußern, wenn er nur ein rechter Mann ist.

Naujoks: Aber er spricht doch falsch.

Lossow: Viel schlimmer wäre, wenn er falsch dächte und lebte.

Naujoks: Die Leute lachen.

Lossow: Man kann das Wort Gottes auch lachend vernehmen.

Naujoks: Sie werden über ihn spotten.

Lossow: Seien Sie sicher, Herr Konsistorialrat, sie werden nicht.

Naujoks: Ich weiß gar nicht, wie Pogorzelski sich die Prüfung vorstellt.

Lossow (lacht): Das glaube ich ganz gut zu wissen.

Naujoks: Er wird nicht bestehen.

Lossow: Er besteht bestimmt. Dafür sorgt schon Drygalski als Vorsitzender der Kommission, der schätzt ihn noch viel höher. als ich es tue.

Die Kaminuhr schlägt sechs. Lossow sieht hin, überlegt einen Augenblick.

Lossow: Herr Konsistorialrat, Sie könnten mir eine große Freude machen.

Naujoks: Mit Vergnügen, Exzellenz.

Lossow: Ich erwarte ein paar Freunde, darunter Herrn von Drygalski, den Obersten Hindenburg, den Sie ja auch kennen, meinen Schwager Hippel; wollen Sie und Ihre Gattin mir die Freude machen zu bleiben?

Frau Naujoks (strahlend): Ach, Exzellenz!

Lossow: Also abgemacht! Was wollen Sie auch mit dem angebrochenen Abend in der Burgstraße anfangen?

Er klingelt, gibt der eintretenden Ordonnanz leise einige Anweisungen, die Ordonnanz schlägt die Hacken zusammen. Ab in den Festsaal, wo sie zwei Stühle zwischenschiebt. Wie der Mann sich wendet, um die Gedecke zu holen, ist plötzlich von irgendwoher Wuta da in einer weißen Schürze über ihrem vorherigen Gewand und einem Häubchen auf dem Kopf. Sie deckt trotz der erstaunten Blicke des Mannes alles Erforderliche auf, sieht dabei im Vorübergehen kurz ins Nebenzimmer und verschwindet wieder.

Lossow: Sie werden sehen, Herr Konsistorialrat, Königsberg hat viel gegen sich, aber noch mehr für sich. Es lebt sich gut hier trotz des starken Verbrauchs an geistigen Getränken, vor allem im Winter. Haben Sie übrigens Holz bekommen?

Naujoks: Dem Herrn sei Dank, ja. Die Heizungsgerechtsame

hängt an der Dienstwohnung. Meine Frau fand es vor, als wir kamen.

Der Oberst von Hindenburg auf Jägerndorf kommt.

Hindenburg: Herr von Lossow, ich bin natürlich wieder der erste.

Lossow: Diesmal nicht, lieber Hindenburg. Konsistorialrat Naujoks ist Ihnen zuvorgekommen.

Hindenburg: Ein schöner Zug von einem Gottesmann, Herr Konsistorialrat. In der Kirche kommt der Pfarrer immer zuletzt. Da kann er ruhig mal vorangehen.

Herr von Hippel und Frau kommen.

Lossow: Sieh da, Luise. Hübsch, daß du schon da bist. (Zu Naujoks:) Dies ist meine Schwester, eine meiner Schwestern, aber die netteste. Vertrauen Sie sich ihr an, Sie werden in den gesamten Klatsch von Königsberg eingeweiht und haben den ganzen Abend nichts mehr zu leisten. – Guten Abend, Theodor, was macht die hohe Literatur? Was hast du von Professor Kant an neuen Spekulationen mitgebracht?

Hippel: Lieber Friedrich, du irrst wieder einmal. Der Mann spekuliert nicht, er untersucht. Er begründet die Wissenschaft vom Preußischen, beweist mit exakter Logik, daß als Ding an sich hinter der moralischen Transzendenz sauber eingebunden euer Exerzierreglement liegt.

Lossow (nickt): Der Mann soll so weitermachen.

Graf Dohna-Sorquitten, riesig, breit, tritt herein, reicht Lossow stumm die Hand.

Lossow: Graf Dohna, willkommen. Hier unser neuer Konsistorialrat Naujoks.

Dohna nickt, gibt beiden die Hand, nickt nochmals, sagt nichts.

Oberkirchenrat v. Drygalski: Ein alter Mann kann nicht spät genug kommen; ich hoffe trotzdem, nicht übertrieben zu haben.

Lossow: Lieber Drygalski, den Widerspruch, den Sie erwarten, liefere ich weder Ihrem Vorder- noch Ihrem Nachsatz. Dafür bringe ich Ihnen zwei neue Gäste, die Sie interessieren werden, den Konsistorialrat Naujoks und seine Frau, bisher in Kutten ...

Drygalski: In Kutten – was denn – Sie sind der Pfarrer von Kutten?

Naujoks: Ich war es, Herr Rat, und dies ist meine Frau.

Drygalski (begrüßt Frau Naujoks, ohne den Mann freizugeben): In Kutten sitzt doch mein guter Pogorzelski; erzählen Sie: was macht der ausgezeichnete Mann?

Naujoks: Ich hoffe, es geht ihm gut.

Drygalski: Das ist ein Mann, an dem ist kein Untätchen, wie die Schlesier sagen. Ich werde nie vergessen, wie ich den Jungen fand – wissen Sie, wie ich ihn fand?

Naujoks: Leider nein, Herr Rat.

Drygalski: In der Kirche, beim Singen. Ich war von Lyck rübergekommen, Ihren Vorgänger besuchen – wie hieß er doch gleich? Ist egal. Da hörte ich den Bengel singen. Die Masuren sind ja alle musikalisch; aber das war denn doch mehr. Ich griff ihn mir, er war scheu wie ein junges Fohlen. Ich sagte: Mensch, kannst Lehrer werden! Er wollt nicht. Lassen mich hier, viel besser hier, Gänse treiben und Kossen hüten. Wollen nicht. Aber dann packte ich ihn bei der Musik, versprach ihm, daß er Orgel spielen sollte, und da war kein Halten mehr. Ich hab ihn was lernen lassen. Am End hat er richtig studiert mit ausgezeichneten Ergebnissen.

Naujoks: Wenn nur sein masurisches Deutsch...

Drygalski: Ach was, der kann sprechen, wie er will, die Leute verstehen ihn überall. Aber Lossow sagte mir neulich, er hätte ihm zum Pfarrer geraten. Wie ist denn das?

Naujoks: Er hat sich bereden lassen.

Drygalski: Er will es versuchen?

Naujoks: Die Worte des Herrn Generals, das Drängen seiner Frau haben ihn veranlaßt. Er will zur Prüfung kommen.

Drygalski: Das wird das lustigste Examen, das ich je erlebt habe.

Naujoks: Ich weiß nicht, wie er es machen will.

Drygalski: Was denn, was denn? Pogorzelski? Der macht jedes Examen, Herr Amtsbruder. Verlassen Sie sich auf mich.

Naujoks: Aber er kann doch nicht einmal Deutsch. Er radebrecht die Sprache Luthers.

Drygalski: Luther hätte an dem Kerl mehr Freude gehabt als an Ihnen und an mir zusammen. Der braucht den Leuten gar nicht erst aufs Maul zu schauen, der hat selber ihr Maul. Und das ist wichtiger als alle Theologie und alles richtige Deutsch. Ich freu mich auf den Kandidaten Pogorzelski und auf sein Examen von ganzem Herzen. (Legt Lossow die Hand auf die Schulter.)

Lossow: Lieber Drygalski?

Drygalski: Wir sprechen gerade von Pogorzelski. Wenn der Pfarrer wird, möchte ich geradezu von ihm begraben werden. Da wird einmal nicht am Grab gelogen.

Lossow: Lieber Drygalski, bis dahin wollen wir uns noch oft an

Ihnen und an den guten Dingen des Lebens ergötzen, die uns Johanna bescheren wird.

Neue Gäste kommen.

Lossow: Guten Abend, Graf Kalnein. Jedesmal, wenn ich die Komteß sehe, bedauere ich, daß der Orden seine Aufgabe darin sah, möglichst viele Prussen und damit Väter so hübscher Prussentöchter umzubringen.

Graf Kalnein: Ihre Geschichtsbetrachtung tut meinem Preußenherzen wohl, Herr von Lossow; aber ich rate Ihnen doch, den Anteil der Mutter nicht zu unterschätzen.

Lossow: Gräfin, ich hoffe...

Gräfin Kalnein: Lieber Lossow, im Vertrauen: ich halte die ganze Sache mit der Preußenabstammung der Kalneins für aufgelegten Schwindel.

Graf Kalnein: Erlaube, meine Liebe, hier kommt Baron Zanthier, der ebenso alter Prusse ist wie ich.

Lossow (begrüßt Josias v. Zanthier und seine Frau): Jetzt bleibt mir nichts als Flucht. Wenn's an die Prussenfrage kommt, hat einer, der nicht aus dem Lande hier stammt, nichts mehr zu sagen und bildet sich am Ende ein, hier oben leben überhaupt nur Nachkommen Herkus Montes und Samos, und wie die alten Herren sonst noch hießen.

Josias v. Zanthier: Es gibt auch viel mehr davon, als Sie ahnen, mein Lieber. Ausrotten läßt sich ein Volk nun einmal nicht. Und überdies: hier ist Preußen, und darum muß, was hier lebt, immer wieder Preuße werden. Wenn es noch ein paar Jahrhunderte dauert, seid ihr eingewanderten Deutschen hier alle verpreußt. Der Boden ist stark und hat mehr Mächte, als ihr in eurem zahmen Westen euch träumen laßt.

Lossow: Ich weiß es, lieber Baron Zanthier. Ich habe es kürzlich am eigenen Leibe erfahren. Hier wird wirklich noch gezaubert, hier ist die Welt noch heidnisch mit Göttern und Hexen und Opfern und Spuk.

Frau v. Hippel: Verzeihung, Friedrich, einen Augenblick. Die Tischordnung...

Lossow, der gerade wieder zwei hereintretende Paare begrüßt hat, geht mit ihr zum Festsaal hinüber.

Zanthier: Georg Forster, Sie wissen, der Danziger, der mit seinem Vater die Weltreise...

Graf Kalnein: Ich weiß, lieber Zanthier.

Zanthier: Forster behauptete einmal allen Ernstes, daß die Amerikaner, wenn sie lange genug drüben wären und nur unter sich heirateten, dann würden sie nicht nur nach ein paar Jahrhunderten wie Indianer aussehen, sondern auch rote Häute kriegen.

Pogorzelski (ist unbemerkt hereingekommen, verschneit, die hohe Lammfellmütze auf dem Kopf, den Mantel um die Schultern. Er nimmt die Mütze ab — zu Zanthier): Binnen ich sicher, ist richtig. Steht schon bei Tacitus — hier nur Preußen, keine faulen Germanen. Was in Land kommt, wird Pruß.

Zanthier: Welche Stelle meinen Sie?

Pogorzelski: Frumenta ceterosque fructus patientius quam pro solita Germanorum inertia laborant.

Zanthier: Halten Sie die Prussen auch für Aesten?

Pogorzelski: Alles Aesten, alles. Frisches Haff Aestenmeer, reicht bis Estland. Pruzzen, Kuren, Littauer — alles Aesten. Masur auch, alte Galinder, auch Pruzz, auch Aeste, kein Pollack.

Zanthier: Dann geht für Sie unser prussischer Bereich von der Weichsel bis ins Baltikum und nach Masuren — ebensoweit wie der Bernstein unter dem Lande liegt? Der Bernstein ist vielleicht überhaupt das Prussische, sein Zauber, das Geheimnis des Prussischen, seines Bodens?

Während des Gesprächs ist Wuta hinter Pogorzelski aufgetaucht, hat ihm die Mütze aus der Hand, den Mantel abgenommen, so daß er nun in hohen, dreckbespritzten Stiefeln, oben aber in einem langen, schwarzen Rock dasteht. Er horcht so intensiv auf das, was Zanthier sagt, daß er Wuta gar nicht sieht. Sie geht lautlos, unbemerkt mit einem überlegenen Lächeln ab.

Hippel (der die Ausführungen Zanthiers mit angehört hat): Das ist Mesmerismus, was Sie da sagen, Baron.

Zanthier: Wieso?

Hippel: Strahlen aus dem Boden beeinflussen Seelen.

Pogorzelski: Nicht bloß Seelen — Körper auch. Wird Haar rot wie Bernstein, wird Auge gelb wie Bernstein — ganze Mensch elektrisch, ganze Mensch richtig. Glaesum, Glaesum!

Hippel (interessiert): Was ist Glaesum? Eine Zauberformel?

Pogorzelski (jetzt bei ihm und Frau von Hindenburg, langsam in eine andere Hintergrundstelle des Saales gleitend): Sagt Tacitus. Glaesum ist sich Bernstein. Wort prussisch, Ding auch. Wer wissen, was alte Männer alles haben gekannt?

Hippel: Glaub ich nicht. Waren sicher gute Landwirte, gute Soldaten. Aber sonst ...

Hindenburg (der das letzte gehört hat): Wen meinen Sie?

Hippel: Die alten Preußen.

Pogorzelski (jetzt hinter dieser Gruppe, immer wie ein riesiger Schatten des Urlandes weitergleitend): Binnen ich sicher, konnten viel mehr, können heute noch viel mehr. Wissen, was war, leben, was war — Baum und Bernstein und Stern aus Stroh — sind stärker wie Deutsche.

Hindenburg: Das ist heidnisch.

Pogorzelski: Altes immer heidnisch. Muß heidnisch sein — war zuerst da. Dies (zeigt mit großer Bewegung zur Decke und den Wänden) alles neu, alles fremd. Keinen Zauber, keinen Leben! Deutsche klug, wissen alles — aber können nicht mehr zaubern. Pruß dumm, aber alt, ganz alt. Können reden mit Göttern und Wolken, können zaubern. (Er verschwindet hinter der Gruppe.)

Hippel: Was ist das für ein seltsamer Gast? (Zu Lossow, der gerade aus dem Festsaal kommt:) Was hast du dir da für einen alten Heiden geladen, der Tacitus zitiert und zaubern kann?

Lossow: Wenn du Baron Zanthier meinst...

Hippel: Ich kann mir nicht denken, daß er zaubert, wenn er auch so aussieht.

Lossow: Ich auch nicht. Wo ist er denn?

Hippel (sieht sich um): Dort, verschwunden. Dein interessantester Gast übrigens. Merkwürdig, daß es so etwas in diesem banalen 18. Jahrhundert noch gibt. (Geht mit Lossow in das Arbeitszimmer.)

Lossow (zur Ordonnanz): Ist hier noch ein Gast gekommen nach Baron Zanthier und Herrn von Geismer?

Ordonnanz: Nein, Exzellenz!

Lossow: Sie waren immer hier?

Ordonnanz: Jawohl, Exzellenz!

Lossow (zu Hippel): Du träumst, mein Lieber.

Hippel: Er hat sich unsichtbar gemacht, dein Prusse. Plötzlich wird er wieder auftauchen. Vielleicht ist er selber einer von den alten Bernsteingöttern.

Lossow: Ich denke, du arbeitest bei Kant?

Hippel: Trotzdem gibt es Dinge, da erlebt man plötzlich, daß Leben ganz etwas anderes ist, als man sich's in seiner blöden Bildung immer denkt.

Lossow: Ist es so schlimm mit deiner Bildung?

Hippel (lacht): Du solltest wieder mal Hamann lesen.

Lossow: Ist mir zu prussisch. Komm!

Naujoks und Frau kommen nach vorne.

Frau Naujoks: Meinst du, daß wirklich wer gekommen ist?

Naujoks: Unsinn. Wer kommt ungeladen zum Stadtkommandanten?

Frau Naujoks: Warum regen sich die Leute denn so auf?

Naujoks: Liebe Minna, ich habe nicht bemerkt, daß jemand sich aufregt.

Frau Naujoks: Aber jaa, sie regen sich. Sie sind alle ganz anders wie vorher. Selbst der Herr General ist wie behext.

Naujoks: Mir scheint, du hast dich behexen lassen.

Frau Naujoks: Ich bin eine christliche Pfarrersfrau. Wenn dein Rektor Pfarrer sein wird, dessen Frau kann sich behexen lassen. Ich nicht, ich nicht!

Naujoks: Er ist noch nicht Pfarrer.

Frau Naujoks: Er wird aber werden. Du wirst ihn nicht hindern. Du nicht!

Naujoks: Meine Stimme bekommt er niemals.

Frau Naujoks: Was ist deine Stimme? Er wird dein Amtsbruder, und ich kann seine Frau empfangen. Das hat mir noch gefehlt.

Naujoks: Vielleicht wird er es werden. Sicher wird er es nicht bleiben. Gottes Mühlen mahlen langsam.

Frau Naujoks: Vielleicht kann man ein bißchen nachhelfen.

Im Empfangssaal.

Frau v. Hippel: Haben Sie neue Noten bekommen, Oberst Hindenburg?

Hindenburg: Sehr schöne Musik, ganz neue hat Kanter geschickt. Sonaten von dem jungen Herrn van Beethoven und eine kleine Serenade von Mozart. Und dann wieder Antiquarisches, alte Noten von Händel für die Geige und etwas von einem Mann aus Leipzig namens Bach.

Pogorzelski (taucht hinter ihnen auf): Noten von Bach? Was für Noten bitte?

Hindenburg: Englische Suite heißt das eine, Präludium und Fuge das andere. Hab versucht; schwer zu spielen.

Pogorzelski: Aber schön, ist soo schön, ist Musik von Himmel. Spielen Bach ist bester Predigt, kommt graden Weg von Herrgott.

Hindenburg: Sie können ihn spielen, mein Herr...? Ich weiß nicht...

Pogorzelski: Können ich schlecht, sehr schlecht. Aber lieben ich mit allem, ich kann. Ist wie Leben selber, steht niemals still, immer weiter, immer weiter, immer neue Bändchen flechten zu alten, immer bunter und immer schwerer.

Frau v. Hippel: Da müssen Sie mit meinem Mann drüber sprechen. Der sagt beinahe dasselbe.

Pogorzelski: Große Zauberer, große Hexenmeister. Wenn ihn hören, Menschen merken, was ist Glauben. Aus nuscht bauen er die Welt. Tata—tü—tata! Tata—tü—tata! (Summt die Zweite Fuge, c-moll, Wohltemperiertes Klavier I.) Alte Organist Schrenk in Haberbergsche Kirch spielen Toccata, spielen Fuga, vier Stimmen, fünf Stimmen, lassen heilige Dreieinigkeit singen. Haben viel Noten von ihm?

Hindenburg: Eine ganze Menge, nur alte. Neue gibt es nicht. Scheint tot zu sein, der Mann.

Pogorzelski: Lange tott, sehr lange. Was ist menschlicher Lebben? Möchten ich gerne sehen Noten, gerne spielen.

Hindenburg: Da müssen Sie schon nach Jägerndorf kommen, Herr ...

Pogorzelski: Ist weit?

Hindenburg: Sechs Stunden Wagen.

Pogorzelski: Für Bach nicht zuviel. Werden ich kommen.

Graf Dohna steht stumm daneben. Pogorzelski sieht ihn ebenso stumm lange an, dann nicken beide unmerklich vor sich hin, wenden sich und gehen.

Frau v. Hippel: Wo mein Bruder den aufgetrieben haben mag? Ein merkwürdiger Mann. Ich kenne ihn nicht.

Hindenburg: Ich auch nicht. Aber er kommt mir bekannt vor. Scheint sehr musikalisch zu sein. Stammt wohl aus Masuren. Schade.

Frau v. Hippel: Wieso schade?

Hindenburg: Sollte mal ans Klavier.

Frau v. Hippel: Später, Herr von Hindenburg, später! Erst muß mal das Ganze in Gang kommen und gegessen werden. Wo mag der Mann geblieben sein?

Lossow kommt.

Frau v. Hippel: Sag, lieber Friedrich, wer ist der große, musikalische Mann, den du heute eingeladen hast?

Lossow: Großer, musikalischer Mann? Meinst du Hindenburg?

Frau v. Hippel: Keine Idee, der stand dabei. Ein großer, breiter Mann, spielt Klavier, schwört auf Bach.

Lossow: Auf wen?

Frau v. Hippel: Den brauchst du nicht zu kennen. Er ist lange tot. War ein Musiker in Leipzig. Hindenburg kauft sogar Noten von ihm.

Lossow: Wenn ich auf Jägerndorf säße, würde ich wahrscheinlich auch Noten kaufen, schon wegen der Unterhaltung. Aber langsam wird die Sache komisch.

Frau v. Hippel: Was wird komisch?

Lossow: Vor einer Viertelstunde fragt mich dein Mann nach einem Fremden, der Tacitus zitiert und zaubern kann. Jetzt kommst du mit einem Mann, der Klavier spielt und von einem Bach redet ...

Frau v. Hippel: Vom Zaubern hat er auch geredet.

Lossow: Wie kommt hier einer herein, den ich nicht gesehen habe?

Geht hinüber in sein Arbeitszimmer. Unmittelbar danach taucht Pogorzelski auf.

Pogorzelski: Pschakrew! Suchen ich und suchen ich Herrn Generalchen, guten Abend sagen, und können ich nicht finden. Kommen ich, er fort, kommen er, ich fort. Ist wie verhext! (Verschwindet wieder.)

Lossow, im Arbeitszimmer, stößt auf Drygalski.

Drygalski: Sie machen ja so ein finsteres Gesicht. Wer hat Sie geärgert?
Lossow: Es spukt!
Drygalski: Das ist doch kein Grund zum Ärgern, das macht Spaß und erhöht die Laune. Wer war es denn?
Lossow: Wieso wer?
Drygalski: Wenn es spukt, muß es doch einer gewesen sein?
Lossow: Das ist es auch, aber ich weiß nicht, wer.
Drygalski: Klingt etwas sibyllinisch.
Lossow: Hier scheint ein Mensch unter den Gästen zu sein, den alle sehen, nur ich nicht.
Drygalski: Das könnten doch nur Sie selber sein.
Lossow: Mit meinem Schwager spricht er über Tacitus. Mit meiner Schwester unterhält er sich musikalisch; beide kommen und fragen, wer das ist, und ich weiß von nichts.
Drygalski: Tacitus und Musik – wenn ich nicht wüßte, daß er in Kutten sitzt...
Lossow: Wie käme der Rektor Pogorzelski...
Drygalski: Sie haben ihm doch selber geraten, er solle sich hier zum Examen melden, der alte Zauberer.
Lossow: Fangen Sie auch noch von Zaubern an? Meine Schwester und mein Schwager gebrauchen das Wort von dem Fremden und waren zugleich selber von ihm bezaubert.
Drygalski: Passen Sie auf, Lossow, das ist Pogorzelski! Er hat Talent zum Zauberer. In dem Mann steckt überhaupt viel mehr. Nicht bloß ein Kerl, sondern eine Seele.
Lossow: Für sentimental hätte ich ihn nicht gehalten.
Drygalski: Sentimental ist ein falsches Wort. Er lebt bloß aus seinem Gefühl. Daher kommt auch seine verdrehte Sprache: bei seiner Gescheitheit hätte er sonst längst richtig Deutsch gelernt. In seinem masurischen Mischmasch kann er aber viel mehr sagen und ausdrücken als in korrektem Deutsch. Der einzige Haken...

Lossow: Gibt es einen?

Drygalski: Sogar einen großen.

Lossow: Und der wäre?

Drygalski: Ihm fehlen fünfhundert Jahre Christentum.

Lossow: Können Sie das vielleicht so umschreiben, Verehrtester, daß auch ein schlichtes militärisches Gehirn ...

Drygalski: Wann kam das Kreuz in Ihre Heimat Franken?

Lossow: Mein Geschichtslehrer behauptete, um 700.

Drygalski: Und wann hierher? Die Historiker des Ordens behaupten, um 1250. Fünfhundert Jahre sind also sehr schlecht gerechnet.

Lossow: Meinen Sie, das macht etwas?

Drygalski: Es macht, mein Lieber, es macht sogar sehr viel. Sie können bei den Gegenden tiefer im Lande rechnen, daß vor 1400 oder 1450 so gut wie nichts christianisiert war. Im Volk hat sich das Heidentum gehalten bis ins 17., ja bis in unser 18. Jahrhundert. Vergessen Sie nicht das Pikollos-Opfer im Schwedenkrieg. Da wurden die Fische vor der Samlandküste durch ein solennes Opferfest für den alten Heidengott feierlich verjagt, damit die Schweden nichts von ihnen hatten. Und dieses Opferfest war von unsern preußischen Behörden feierlich genehmigt und bestätigt. Die Fische sind seitdem tatsächlich nicht wiedergekommen, und Sie können mir glauben, wäre ich Preuße, glaubte ich danach auch an Pikollos.

Lossow: Und Sie meinen, Pogorzelski ...?

Drygalski: Ich meine nicht, ich weiß. Er ist ein wunderbarer Kerl; aber im besten Fall fünfhundert, im schlechtesten zweihundert Jahre Christentum im Leib, und denn gleich auf die Kanzel: das ist 'ne Aufgabe. Vielleicht ist er heimlich überhaupt noch ein Heide. Ein alter Pan in Pelz und Lammfellmütze. Vielleicht zaubert er wirklich noch.

Lossow: Glauben Sie an so etwas?

Drygalski: Sie nicht? Wir sind alle heimliche Hexenmeister. Pogorzelski sicher. Sie brauchten nur zu sehen, wie er alles bezaubert, was zu ihm kommt, die Großen wie die Kleinen. Sie müßten ihn mit seinen Schulkindern erleben, oder mit Annuschka.

Lossow: Wer ist eigentlich Annuschka?

Drygalski: Ja, mein Lieber, Annuschka ist Annuschka.

Lossow: Etwas rätselhaft.

Drygalski: Sie ist eine Kusine seiner Frau, viel jünger, kam ganz klein in sein Haus, war für ihn Kindersatz. Er liebte sie zärtlich, dann wuchs sie heran, und nun ...

Lossow: Liebt er sie immer noch zärtlich.

Drygalski: So ist es. Aber zugleich wie ein Vater. Ganz einfach. Die Frau ärgert sich. Ihm ist es so natürlich, daß er alles, was ihn angeht, zu Annuschka trägt.

Sie verschwinden im Hintergrund.
Von Hippel, der während des letzten Teiles der Unterhaltung bei ihnen stand und zuhörte, nimmt das letzte Wort auf und summt eine Melodie: Annuschka, Annuschka.

Pogorzelski (hinter ihm auftauchend): Was ist mit Annuschka?
Hippel: Wieso Annuschka?
Pogorzelski: Singt Ihr von Annuschka.
Hippel: Hab mir nichts dabei gedacht. Vielleicht Sie?
Pogorzelski (nickt ernsthaft): Denken ich oft: Annuschka, Bestes von Leben. (Lacht plötzlich dröhnend los.)
Hippel: Was ist daran so komisch, Verehrtester?
Pogorzelski: Wenn ich sagen Annuschka, denken ich Annuschka. Wenn Sie singen Annuschka, denken ganz andere Mädchen, vielleicht dicke Weib, was scheuert Treppen. Alles Verwechslung. Ganzer Leben Verwechslung. Sehr schwer. Hat jeden bloß Welt eigenes.
Hippel: So ähnlich sagt der Professor Kant auch.
Pogorzelski: Ist sich Professor, sagen darum doch anders. Welt von jeden ist ihn Welt von allen. Machen großen Zauber. große Kategorienhexenmeister!
Hippel: Sie kennen Kant?
Pogorzelski: Bloß gelesen, bloß gelesen. Schwer, sehr schwer. Zu klug für hier.
Hippel (lacht): Nicht bloß für hier. Denken ist überall sehr schwer.
Pogorzelski: Nicht bloß denken – lebben auch. Müssen immer fragen, wie machstu das?
Hippel (unwillkürlich): Wie machst du was?
Pogorzelski: Lebben.
Hippel: Kann jeder.
Pogorzelski: Denken er kann. Können nicht. Denken viel leichter.
Hippel: Meinen Sie?
Pogorzelski: Lesen Philosophie, lesen Latein – sehr leicht. Einen Wort so, einen Wort so – auf einmal großes Logik. Dicke Wort geben dicke Gedanken.
Hippel: Was ist ein dickes Wort?
Pogorzelski: Dicke Wort alles, was braucht Pfarrer für Predigt. Glauben dicke Wort, Sakrament dicke Wort – Ewigkeit ganz dick. Alle Gedanken drin, laufen raus von selber.
Hippel: Das ist Theologie, nicht Philosophie.
Pogorzelski: Halber Philosophie bleiben Theologie.
Hippel: Aber nicht Kant!

Pogorzelski: Professor Kant schwer, weil machen Wort dünn, ganz dünn. Ist sich bloß noch Wort selber in Wort. Keine Lebben, keine Theologie.

Hippel: Muß ich Herrn Kant einmal erzählen, wird ihn interessieren. Aber sagen Sie, Herr – darf ich wissen, mit wem ich die Ehre habe?

Pogorzelski: Binnen ich der Rektor Pogorzelski aus Kutten. Suchen ich den ganzen Abend den Herrn Generalchen. Hat gesagt, ich sollen Pfarrer werden und zu ihn kommen. Binnen ich da, zu werden.

Hippel: Mein Schwager wird glücklich sein.

Pogorzelski: Wer können wissen? Kommen ich ungelegen, hat großes Gesellschaft.

Hippel: Kommen Sie, wir wollen ihn suchen gehn.

Ein Klavier ertönt.

Pogorzelski (aufhorchend): Machen Musik?

Hippel: Wird meine Frau sein. Sie singt gerne.

Pogorzelski: Sollen singen, ich begleiten. Wo ist Klavier?

Sie verschwinden im Hintergrund.
Zanthier und Graf Kalnein kommen.

Zanthier: Eigentlich schade, daß so wenig Erinnerungen an das Preußische geblieben sind. Sehen Sie sich einen Kerl wie diesen langen Masuren an...

Kalnein: Können Sie von kleinen Leuten nicht verlangen.

Zanthier: Aber schade ist's doch, wenn man denkt, was sich heute alles Preuße nennt.

Kalnein (lacht): Sie können sich ja Prusse nennen.

Zanthier: Möchte ich gern; aber ich möchte auch andere Prussen sammeln.

Kalnein: Eigenen Staat gründen?

Zanthier: Nee, aber 'n eigenes Volk feststellen. Man erführe doch mal etwas über sich. Was hab ich davon, als armseliges Individuum durch die Welt zu laufen, als einzige vergleichende Charakterstudie urpreußischer Züge nur Sie neben mir. Sie sind mir sehr sympathisch, aber 'n bißchen wenig, und in Bürgerkreisen weiß kein Mensch von seinen Abstammungszügen.

Es beginnt unsichtbar präludierende Musik, dann eine Weile Händel, dann Haydns Jahreszeiten, zu denen eine tiefe Baritonstimme leise mitsingt. Schließlich Toccata und Fuge d-moll von Bach. Die Gesellschaft gibt zuerst nicht acht, allmählich wird sie hypnotisiert, lauscht, wird mehr und mehr verzaubert.

Lossow (kommt mit Herrn v. Drygalski): Wer spielt denn da?

Mehrere Gäste legen Schweigen erbittend die Finger an den Mund. Lossow und Drygalski stehen und lauschen ebenfalls.

Drygalski (leise): Wenn das nicht Pogorzelski...
Lossow: Ausgeschlossen — ich verstehe es nicht.

Die Musik ist zu Ende, lauter Beifall, Klatschen, Bravorufe.

Lossow: Einen Augenblick, meine Herrschaften.

Will zum Klavier. Alles wendet sich zu ihm, eine Gasse tut sich auf, man sieht am Ende Pogorzelski am Klavier sitzen. Als er Lossow erblickt, steht er auf.

Pogorzelski: Herr Generalchen, bitten ich um Verzeihung...
Lossow: Ja, sagen Sie...
Pogorzelski: Haben ich gesucht Herr Generalchen, guten Abend sagen. Nicht zu finden hier, nicht zu finden da. Zuviel fremde Menschen.
Lossow: Lieber Pogorzelski, wie kommen Sie hierher?
Pogorzelski: Zu Pferd, Herr Generalchen, binnen ich geritten heut früh von Kutten. Schöner, klarer, kalter Wetter, kommen ich auf Königsberg: Schmadder und Dreck. Sehen ich aus wie Schwein. Wollen ich Pfarrer werden. Haben gesagt: ich soll.
Lossow: Dann sind Sie der fremde Mann mit Tacitus und Musik und Zauber!
Pogorzelski: Nichts zaubern, zuviel Menschen.
Drygalski: (kommt vor): Die Stimme sollte ich kennen.
Pogorzelski: Moj Bosche, Herr Pfarrer! Ist wahr? Nein, Bosche moj, die Freude, die Freude! (Küßt dem alten Herrn die Hände.)
Drygalski (wehrt ab): Nicht doch, nicht doch! Das durfte höchstens der Hütejunge. Ich freue mich auch, Pogorzelski. Gerade hatten wir von Ihnen gesprochen.
Pogorzelski: Uäh! Was ist zu reden?
Drygalski (lacht): Allerhand, mein Lieber, allerhand.
Pogorzelski: Gutes nichts und Schlechtes bloß Langweiliges. Reden von Besseres. Reden von Ihnen. Wie geht?
Drygalski: Wie es einem in den Jahren geht, in denen die Knochen steif und die Adern brüchig werden.
Pogorzelski: Herr Pfarrer liebes, nicht alt, nicht steif.
Lossow: Erlauben Sie, daß ich die Freude des Wiedersehens für ein paar Augenblicke störe. Meine Herrschaften, dies ist mein Freund Pogorzelski, Rektor aus Kutten, der sich meiner, als ich schweres Malheur gehabt hatte, wahrhaft christlich angenommen hat.
Pogorzelski: Herr Generalchen, die paar Flinsen!
Lossow: Ich meine nicht Ihre Flinsen, obwohl sie sehr gut waren.

Ich meine die Gesinnung. Urteilen Sie selbst: Mir brach ein Rad meines Wagens: er nahm mich bei sich auf, schickte seine Schulkinder nach Hause und reparierte selbst im Schweiße seines Angesichts den Schaden. War das christlich?

Pogorzelski: Waren nicht christlich, Herr Generalchen, gar nicht christlich.

Dohna (der plötzlich daneben steht): Warum nicht?

Pogorzelski: Halfen ich mit gestohlenem Gut, waren ich schlimmer als heiliger Crispin.

Dohna: Versteh ich nicht.

Pogorzelski: Machten ich Rad für Herr Generalchen in Schmiede von Rogalski. Rogalski nicht da. Rogalski besoffen. Nahmen ich Eisen und Feuer und Hammer von ihn. Machten Rad auf seine Kosten. Sagt Herr Generalchen: Danke schön, lieber Pogorzelski, — für was ich gemacht aus Gut von Armen.

Dohna: Richtiger Christ!

Pogorzelski: Hinterher, hinterher! Christ muß vorher sein.

Dohna: Warum?

Pogorzelski: Kamen Rogalski nachts in Traum, verlangten Geld für sein Eisen. Hatten ganz recht. Hatten ich gemacht großes Schwindel mit Christentum.

Dohna: Bravo! (Legt die Hand auf Pogorzelskis Schulter, nickt. Pogorzelski nickt wieder.)

Drygalski: Sie sind noch nicht im Examen, Pogorzelski. Sie stellen Probleme auf von einer theologischen Kasuistik — was sagen Sie dazu, Herr Amtsbruder Naujoks?

Pogorzelski: Pschakrew! Der Pfarrer Naujoks! Ist wie Kutten hier. Bloß Puttchen und Annuschka nicht da. Dzen Dobre, Herr Pfarrer — Welt klein wie Kossendreck.

Diener gehen umher mit Tabletts, reichen Portwein.

Lossow (ergreift ein Glas): Lieber Pogorzelski, herzlich willkommen in Königsberg und samt meinen andern Gästen herzlich willkommen in meinem Hause! Ich hoffe, wenn Sie alle sich näher kennenlernen ...

Hippel: Lieber Friedrich, du kommst zu spät.

Lossow: Inwiefern, Theodor?

Hippel: Wir alle kennen Herrn Pogorzelski schon so gut, daß es deiner Vorstellung und des Kennenlernens gar nicht mehr bedarf.

Zanthier: Wir haben sogar schon allerhand von ihm gelernt, von Aesten und Prussen und alten Heiden.

Hippel: Von Bernstein und Tacitus, von dicken Worten und vom Professor Kant.

Hindenburg: Von Bach aus Leipzig.

Frau v. Hippel: Von Zaubern und Verzaubern.

Dohna: Christentum nicht vergessen.

Frau v. Hippel: Er hat sich uns selber mit seiner Musik so gut vorgestellt, daß wir wissen, er kann nicht nur reden und predigen, er kann sogar Männlein und Weiblein zum Schweigen bringen.

Hippel: Der Mann muß nach Königsberg.

Dohna: Muß zu mir. Nach Pissanitzen! Pfarrer werden bei mir. Einverstanden? Gebe ihm die Stelle.

Pogorzelski (fröhlich): Danke, Herr — (zu Frau von Hippel:) Wer ist er?

Frau v. Hippel: Graf Dohna. Spricht sonst niemals. Dies war eine der längsten Reden seines Lebens. Sie können sich etwas darauf einbilden.

Dohna: Werden Sie kommen?

Pogorzelski: Wenn die Stelle gutt ist —

Lossow: Ich gestehe, ich bin wirklich zu spät gekommen. Ich gedachte, ihn bei Ihnen einzuführen, und Sie haben ihn bereits bei sich aufgenommen. Graf Dohna hat sogar schon eine Stelle für den Pfarrer Pogorzelski. Das freut mich aufrichtig; wenn er jetzt noch das Examen besteht...

Drygalski: Lieber Lossow, ich glaube, das schwerste Examen hat Pogorzelski heute abend bereits bestanden. Da er hier nicht durchfiel, kann ihm bei der Kommission wirklich nicht mehr viel passieren.

Hippel: Meinen Sie nicht, Herr Rat, wenn er hier durchgefallen wäre, daß wir die Durchgefallenen gewesen wären?

Lossow: Da kannst du nun ausnahmsweise einmal recht haben, lieber Theodor. Aber bitte, meine Herrschaften, trotz allem zum Essen.

Pogorzelski: Was gibt?

Frau v. Hippel: Eine gute gebratene Gans, Herr Rektor.

Pogorzelski: Bloß einen? Haben ich Hunger für drei. Aber wird schon reichen. Wollen guten Vogel großen Einzug machen, großen Willkomm und Halleluja!

Er läßt sich wieder am Klavier nieder und spielt etwas fröhlich großartig Beginnendes, um dann überzugehen in „Freut euch des Lebens", das er durch alle Verse mit witzig variierter Begleitung hindurchsingt. Die Gäste ziehen lachend in den Festsaal an die Tafel.

Während Pogorzelski in seine Musik am Klavier versinkt, taucht hinter ihm in einer Türe des leer gewordenen Saales Wuta auf, lacht und winkt lautlos zu ihm hinüber, worauf sie ebenso lautlos wieder verschwindet.

Vorhang.

Zweite Szene

Examenssaal. In der Mitte Drygalski im Talar mit Perücke, neben ihm Naujoks, Pfarrer Radtke, Graf Dohna, Domprediger Eberhardt und zwei weitere Männer im Talar.

Drygalski: Meine Herren! Es liegt das Gesuch des Rektors Michael Pogorzelski aus Kutten vor. Er bittet um Prüfung seiner Person und seiner Fähigkeiten auf Eignung zur Bekleidung des Amts eines Geistlichen. Was die Person des Antragstellers angeht, so übernehme ich die Gewähr für ihn. Ich kenne ihn seit vielen Jahren, habe ihn selbst in die Laufbahn als Lehrer gebracht; da ist alles in Ordnung. Über sein Wissen werden Sie sich selbst ein Urteil bilden, bleibt als einziges, was gegen ihn sprechen könnte, sein Verhältnis zur deutschen Sprache. Pogorzelski ist Masure, seine Muttersprache ist Masurisch. Mit dem Deutschen schlägt er sich täglich und stündlich herum, die Leute auf dem Lande verstehen ihn ganz genau, aber mit der Grammatik hapert's. Das gebe ich zu; ich meine jedoch, was der Mann sonst mitbringt, ist so viel, daß man über diese Schwäche hinwegsehen könnte. Zumal er immer vor seinen Landsleuten predigen wird, die ebenso sprechen. Aber Sie werden ja selber sehen und hören. Also beginnen wir, wenn es recht ist. (Er schellt — zu dem hereintretenden Diener:) Der Delinquent, bitte.

Der Diener bringt Pogorzelski herein; er trägt einen langen, feierlichen Gehrock, aber dazu seine hohen Reitstiefel, sieht wie ein Gutsbesitzer, nicht wie ein Lehrer aus.

Pogorzelski: Wünsche guten Morgen allerseits! Gut geschlafen? — Herr Pfarrer, liebes, ist gutt bekommen? (Geht zu Drygalski und schüttelt ihm die Hand. Zu Naujoks:) Guten Morgen, Herr Konsistorialrat. (Naujoks neigt stumm sein Haupt.) Guten Tag, Herr Graf.

Drygalski: Danke, danke, lieber Pogorzelski, — Sie werden gleich merken, wie gut es uns bekommen ist.

Pogorzelski: Moj bosche, kann gutt werden. Werden ich Mühe geben, Ehre machen Herrn Rat.

Drygalski: Wollen Sie drüben Platz nehmen, Herr Kandidat, mir gegenüber?

Pogorzelski: Wieso Kandidat?

Drygalski: Weil jetzt der Ernst des Lebens beginnt. Bitte, Herr Konsistorialrat.

Naujoks: Herr Kandidat, darf ich um Ihre Personalien bitten? Name und Daten.

Pogorzelski (lacht): Herr Pfarrer haben vergessen Namen meiniges?

Naujoks: Ordnung muß sein.

Pogorzelski: Kann ich doch nicht Ihnen sagen: Erlauben, heiße ich Pogorzelski — lachen doch Kinder.

Naujoks: Hier gibt es keine Kinder, Herr Kandidat.

Pogorzelski: Lacht der Herr Rat Drygalski — lachen ich.

Naujoks: Die Formalitäten werden Sie mir überlassen müssen.

Drygalski (lächelt): Lieber Pogorzelski, der Herr Konsistorialrat hat recht. Geben Sie die Daten! Wir kennen Sie, aber wenn später einmal einer das Protokoll liest ...

Pogorzelski: Protokoll gutt, sehr gutt, wenn Sie sagen, gleich. Heißen ich Michael Jageilo Pogorzelski, binnen ich geboren Micheeli 1740, als unser König König wurde. Haben ich gehütet Schweine, Gänse getrieben, bis Herr Pfarrer Drygalski sagte: Micha, kannst besser singen als Vieh treiben. Kommen mit. War in zweites Jahr von großen Krieg; kamen Frieden, waren ich Rektor in Kutten. Puttchen, mein Weib, kamen mit. Ist genug?

Naujoks: Danke. Ihre Religion?

Pogorzelski (lacht): Katholischen Kantor in luthersche Kirch, das gibt nich mal in Polen.

Drygalski: Sie sind lutherisch getauft?

Pogorzelski: Vater meiniges sagt ja.

Drygalski (lacht): Ihr seid doch alle noch halbe Heiden hier.

Pogorzelski: Sind auch, Herr Rat. Unser Herr Christus kehrte hier ein zuletzt. Ist nicht lange her; was sind dreihundert Jahre für lieben Gott und für Rogalski? Vor dreihundert Jahren hier Kurko und Perkuhn und Pikoll und Romowe und Fischchen braten und Opfern mit Blut und Feuer. Dann auf einmal Gelobt sei Jesus Christus und pax vobiscum und der Heilige Vater. Sehr schwer für Rogalski, und dann nach hundert Jahren Luther, der sagt nein zu Heiligem Vater und nein zu Jungfrau Maria und ja bloß zu liebem Gott. War sehr schwer für euch — was sollen Jagel und Ignatz und Petruschka machen? Sind wieder zu Pikoll und Perkuhn, haben gedacht, Heiliger Vater gutt für deutsche Herrn, nicht für uns! Gar nicht dumm, halber Heid', gutt für hier!

Drygalski: Ceterum censeo lingua latina uti. Wir wollen lateinisch reden. Sonst kommen wir über die Unterhaltung nicht raus.

Pogorzelski: Ist mich recht, dauert sonst viel zu lange.

Drygalski: Fangen wir nach gutem altem Brauch mit der Dogmatik an.

Naujoks: Quod sunt peccata irrevisibilia? Wie viele unverzeihliche Sünden gibt es?

Pogorzelski: Brauchen nicht übersetzen, Herr Pfarrer. Lateinischer Sprach viel leichter wie deutscher. Antwort tres — drei.

Naujoks: Gut, aber welche sind es denn? Quaenam?

Pogorzelski: Chrisma, schisma et adulterium.

Naujoks: Bene — gut. Beginnen wir die Distribution. Quid est adulterium? Was ist Ehebruch?

Pogorzelski (lacht): Quasi nesciatis — als ob Ihr das nicht selber wißt.

Alle lachen, am fröhlichsten Drygalski. Naujoks ist wütend.

Naujoks: Item, Herr Kandidat, die Definition der Erbsünde.

Pogorzelski: Erbsünde ist, wenn dem Menschen nichts mehr einfällt und will er sich entschuldigen.

Naujoks: Est definitio more populi — das ist eine sehr populäre Definition. Können Sie das peccatum essendi aus dem factum essendi ableiten?

Pogorzelski: Setzen Dasein gleich Sünde, ist sich Erbsünde mit Dasein zugleich auf Welt. Für Mensch esse gleich vivere, Sein gleich Leben, Leben also gleich Sünde. Wer erbt Leben, erbt ihr — darum Erbsünde.

Drygalski: Nicht so rasch, nicht so rasch, es ist ein kleiner Unterschied. Vivere, leben — das kann auch die Kuh, hat auch die Kuh. Esse — Sein, Wesen sein, das kann selbst der Mensch sehr selten. Ganz so einfach liegt die Sache nicht.

Pogorzelski: Meinen ich auch, Herr Rat, meinen ich auch. Liegt an Unschuld, was hat Kuh, und was hat Mensch nicht.

Naujoks: Auch der Mensch hat die Möglichkeit der innocentia.

Pogorzelski: Nicht lange, Herr Rat, nicht lange. Hört sehr schnell auf, auch ohne Äpfelessen. Vielleicht weil Sünde erblich bei Mensch und nicht bei Tier. Wer weiß?

Naujoks: Aus der Erblichkeit der Sünde aber ergibt sich die Notwendigkeit der Erlösung durch Jesum Christum.

Pogorzelski nickt, schweigt.

Naujoks: Können Sie dazu etwas sagen, Herr Kandidat?

Pogorzelski: Credo — glauben ich.

Naujoks: Das ist die Voraussetzung —

Pogorzelski: Das ist Ausweg.

Naujoks: Wieso Ausweg?

Pogorzelski: Kennen Tertullian?

Naujoks: I c h habe zu fragen.

Pogorzelski: Wissen, was sagt? Credo quia absurdum — Glauben Ausweg einziges. Können nichts machen, Herr Pfarrer.

Naujoks: Sie glauben an den Erlöser, weil Ihnen die Erlösung absurd erscheint?

Drygalski: Entschuldigen Sie, Herr Konsistorialrat, das hat der Kandidat nicht gesagt. Wenn ich ihn recht verstehe, will er das Grundproblem der christlichen Welt, das des Glaubens, möglichst scharf herausarbeiten und von ihm aus weiterkommen.

Pogorzelski: Möchten ich gern, möchten ich gern. Bloß pschakrew, was wollen machen? Unterschied großes zwischen glauben w o l l e n und glauben k ö n n e n. Wollen ich soo gern glauben, aber können? Können ich glauben an Gott — Vater unser ist guter Herr für Welt, wie der Herr Generalchen für Regiment. Können ich glauben an Herrn Christus, an ganze Heilige Familie, wenn Heilige Jungfrau auch nur auf katholisch erlaubt. Aber sagen Herr Pfarrer, glauben Sie an Speisung von fünftausend Mann?

Naujoks: Natürlich glaub ich.

Pogorzelski: Können ich nicht – schlechter Christ! Drei Maränen, große Maränen, größte von Markt in Lyck — für fünftausend Mann? Herr Pfarrer, können ich nicht glauben.

Naujoks: Das ist symbolisch zu verstehen.

Pogorzelski: Weiß ich, Herr Pfarrer, aber Wahrheit ist sich bloß Wahrheit. Sagen mir Unterschied zwischen symbolisches Wahrheit und richtigen Schwindel.

Drygalski: Pogorzelski, Sie sind nicht Examinator, sondern Kandidat. Wenn Sie Pfarrer werden wollen, gewöhnen Sie sich die Wirklichkeit ab.

Pogorzelski: Was sein Mensch ohne Wirklichkeit? Schlabberlappen, Herr Rat.

Drygalski: Es gibt eine höhere Wirklichkeit, eine geistige.

Pogorzelski: Wenn Sie sagen, glauben ich.

Drygalski: Nee, mein Lieber, das müssen Sie aus sich selber wissen.

Pogorzelski: Wissen ich nicht, Herr Rat, müßten ich lügen.

Drygalski: Ich denke, Sie lesen Kant und Augustin.

Pogorzelski: Lesen ich Kant, lesen ich heiligen Augustin — lesen ich Wirklichkeit wie ich. Wo finden höhere Wirklichkeit?

Drygalski: Sie sind sehr anspruchsvoll.

Naujoks: Sie kennen das Wort: Gott ist ein Geist, und die ihn anbeten . . .

Pogorzelski: Kennen ich.

Naujoks: Und Sie glauben an Gott?

Pogorzelski: Glauben ich.

Naujoks: Dann glauben Sie also auch an den Geist.

Pogorzelski nickt stumm.

Naujoks: Damit wissen Sie von der Wirklichkeit des Geistes — nämlich Gottes.

Pogorzelski: Wissen ich nicht, glauben ich bloß. Wo finden ich den Geist?

Drygalski (lacht): Schwieriger Fall.

Naujoks (nach kurzer Pause): Kennen Sie die Beweise für das Dasein Gottes?

Pogorzelski (nickt): Kennen ich, finden ich sehr dumm.

Naujoks: Wieso dumm?

Pogorzelski: Fundament von Kirche ist Glauben an Gott. Gott haben geschaffen Welt und Mond und Mensch — kommen jetzt Mensch zu beweisen Dasein Gottes. Hätten ich Sohn, der kommen beweisen Dasein meiniges, nehmen ich Karbatsch.

Dohna: Ausgezeichnet.

Naujoks: Die Beweise für das Dasein Gottes machen die geistige Welt seiner göttlichen Wirklichkeit dienstbar.

Pogorzelski: Können ich nicht beweisen Wirklichkeit des Höchsten mit Wirklichkeit, was ist weniger hoch. Glauben besser als Denken. Wenn glauben, leben ich, wenn denken, arbeiten ich. Arbeiten nicht göttlich — bloß wirklich.

Drygalski: An Ihnen ist ein Universitätstheologe verlorengegangen.

Pogorzelski: Je!

Naujoks: Theologie ist Gottesgelahrtheit.

Pogorzelski: Wissen wir nichts von Gott — wie können haben Gelahrtheit von ihn?

Naujoks: Ich denke, Sie haben Gottesgelahrtheit studiert, Herr Kandidat?

Pogorzelski: Haben gelernt, wie Menschen sich plagen mit Glauben und Unglauben, mit Dreieinigkeit und Sakrament — haben ich nichts von Gott gelernt. Können wohl nicht lernen von ihn aus Bücher.

Drygalski: Aber über den Weg zu ihm erfahren wir vielleicht einiges.

Pogorzelski: Glauben ich nicht, Herr Rat, glauben ich nicht. Wenn kommt, kommt ohne. Auf einmal Bumm, mit Blitz und Donner wie Perkuhn, in großes Sturm auf See wie Pikollos, mit große Wut und große Liebe und Freude an Welt.

Naujoks: Das klingt mehr als heidnisch.

Pogorzelski: Haben Heiden auch Götter.

Naujoks: Aber sie haben nicht Gott.

Pogorzelski: Wenn bloß einen übrigbleibt.

Drygalski: Ein seltsames Examen.

Naujoks: Item, Herr Kandidat. Das heilige Abendmahl...

Pogorzelski (kratzt sich): Schwierig, sehr schwierig, schwieriger wie Heilige Dreieinigkeit. Einen sagt so, einen sagt anders — Kalvin und Luther und den Papst. Sollen Janusch und Rogalski wissen? Ist sich aber sehr gutt für sie, haben Bestes von, glauben großen Zauber, großen Geheimnis, können nicht begreifen. Sehr gutt — viel zu wenig Zauber in Lutherkirche.

Drygalski: Sagen Sie das mal dem Oberkirchenrat.

Pogorzelski: Wollen gerne sagen, Herr Rat, denken ich: Alles Zauber, alles nicht zu begreifen für Rogalski und Pawlicek und manchmal auch vor mir. Können nicht fassen Gott und Welt und Leben — alles großen Zauber. Kirche am besten, wenn Pfarrer zaubern.

Naujoks: Das sind Ansichten, Herr Kandidat, von denen ich nicht weiß, wie Sie sie mit dem Beruf eines Geistlichen in Einklang bringen wollen.

Pogorzelski: Warum? Ist doch wahr. Menschlicher Lebben lebt von Zauber; wo keinen ist, ist keinen Lebben. Wenn Jagel liebt Maruschka, Maruschka ihn verzaubern; denkt er, ist sich gar nicht mehr Maruschka, ist sich schönste Mädchen von Welt, wo doch Maruschka hat schiefes Maul. Kriegt die Hanka Kind von Janusch, grault sich vor dem Wurm, schreit und heult. Liegen da kleines Mensch und brüllen: auf einmal Eia popeia und Engel liebes, schönstes Kind von Kutten — alles Zauber, alles Zauber! Lieber Gott schenken Leben in Zauber: einen verzaubert andern, gutt und böse, dumm und klug. Lehrer verzaubert Kinder: gute Zauber mit Singen und Klatschen, böse Zauber mit Fluchen und Karbatsch. Pfarrer auf Kanzel müssen zaubern, müssen Rogalski und Placzek und Janusch und Maruschka verzaubern — sonst schlafen. Müssen sogar König zaubern — wie liebe Gott. König verzaubern Land — liebe Gott verzaubern Welt. Geht nicht ohne Zauber. Pfarrer haben Zaubermantel an auf Kanzel, König haben Zauberstab in Hand — geht nicht ohne, geht nicht ohne!

Drygalski: Preuße, alter Heide, Götzenanbeter!

Pogorzelski: Binnen ich nicht, Herr Rat, binnen ich nicht. Preußen können hexen, klix, klax, brack. Können nicht zaubern. Zaubern sehr schwer, können nicht lernen, gibt lieber Gott und gibt nicht. Helfen keine voluntas, keine Willen, nur gratia, nur Gnade.

Drygalski: Was Sie zaubern nennen, ist etwas ganz Natürliches.

Pogorzelski: Allen Zauber natürlich, allen Natur Zauber. Frühling Zauber, Sommer Zauber, alles Zauber. Müssen nur wissen. Heiliger Augustin wußte.

Naujoks: Doktor Martin Luther hat all dieses Unwesen mit Feuer und Schwert verfolgt und vertilgt.

Pogorzelski: Luther auch alter Hexenmeister.

Drygalski: Kein Zauberer?

Pogorzelski (nach einer Pause): Zu dick.

Drygalski: Wie soll ich aus Ihnen einen Pfarrer machen?

Pogorzelski: Fragen, was wissen wollen — haben ich alles gelernt.

Drygalski: Ja, ja, ja; aber Sie predigen nachher doch nicht, was Sie gelernt haben.

Pogorzelski: Ist sich auch viel zu langweilig für Rogalski, Herr Rat.

Naujoks: Die Kirche ist kein Theater.

Pogorzelski: Ist sich auch kein Schlafsaal, Herr Pfarrer.

Drygalski: Herr Kandidat, wollen Sie einmal ein paar Minuten im Vorsaal warten — ich möchte etwas mit den Herren besprechen. Die letzten Fragen kommen nachher.

Pogorzelski: Alles, was Sie wollen, Herr Rat. (Ab.)

Drygalski: Meine Herren, ich glaube, so kommen wir nicht weiter. Sie haben wohl ebenso wie ich gemerkt, daß der Rektor Pogorzelski in aller Examensweisheit beschlagen, daß er aber zugleich ein Mann auf eigene Faust ist. Nicht bequem, aber ein Mann. Ich wäre dafür, wir brechen die Prüfung ab und geben die Qualifikation, die er als Mensch mitbringt, auch dem Geistlichen.

Naujoks: Er ist kein Geistlicher, ich muß die schwersten Bedenken ...

Drygalski: Herr Konsistorialrat, ich verstehe viele Ihrer Bedenken; Pogorzelski selbst würde sie, glaube ich, auch verstehen. Er weiß selber, wie viele Jahrhunderte Christentum ihm fehlen. Aber seiner Gemeinde fehlen sie auch, und je kleiner der Wesensabstand, desto besser kann er sich mit seinen Leuten verständigen.

Naujoks: Als Zauberer, nicht als Pfarrer.

Drygalski: Mein lieber Freund, das mit dem Zaubern hat mich mitbestimmt, für ihn einzutreten. Er hat recht, glauben Sie mir.

Naujoks: Er hat nicht recht. Er ist ein Heidenpriester.

Drygalski: Aber ein Priester.

Naujoks: Ich verstehe Sie nicht, Herr Rat.

Drygalski: Sie sind noch jung, gemessen an mir. Sie glauben an den Geist. Ich auch. Aber ich habe einsehen gelernt, Geist ist eine städtische Angelegenheit.

Naujoks: Ist das nicht Hochmut, Herr Rat?

Drygalski: Nein, Herr Amtsbruder, Bescheidenheit.

Dohna: Bin ganz Ihrer Ansicht.

Drygalski: Inwiefern, Graf Dohna?

Dohna: Geist nichts fürs Land.

Drygalski: So habe ich's ja nicht ganz gemeint. Aber ich danke Ihnen insofern, als ich annehme, daß Sie auch dafür sind, den Kandidaten das Examen bestehen zu lassen.

Dohna: Hat schon bestanden.

Drygalski: Wieso?

Dohna: Klüger als wir alle. Nehme ihn gleich.

Drygalski: Und Sie, Kollege Radtke?

Radtke (ein sehr alter Mann): Lieber Herr Rat, Sie haben so oft recht behalten, daß ich mich gewöhnt habe, in allem Ihnen zu folgen. Außerdem: der Mann ist ein netter Mann und kann reden — was wollen Sie von einem Pfarrer mehr?

Drygalski: Etwas mehr braucht es schon.

Radtke: Das kann ihm keiner geben, wenn er es nicht hat. Er hat es aber, bloß Sie können es durch kein Examen feststellen, wenn Sie es nicht ohne das merken.

Drygalski: Was meinen Sie?

Radtke: Lieber Herr Kollege, wenn man so alt ist wie ich, hat man Angst vor den großen Worten. Sonst würde ich sagen: in ihm ist Gott.

Naujoks: Er ist ein halber Heide.

Radtke: Lassen Sie ihn ruhig einen ganzen sein. Das schadt gar nichts. Deswegen ist Gott in ihm, und so wirkt er doch. Die Leute werden bei ihm richtig.

Drygalski: Wie bei Ihnen.

Radtke: Ach Gott, wissen Sie, ich bin bloß noch alt. Zu alten Leuten sind alle wie zu Kindern, das ist das ganze Geheimnis.

Drygalski: Lieber Herr Radtke ...

Radtke: Die Menschen sind gar nicht so schlecht, man muß ihnen das Gutsein bloß ein bißchen leichter und angenehmer machen, und Ihr Pogorzelski gehört zu denen, die das tun.

Naujoks: Ich habe die gegenteilige Erfahrung gemacht.

Radtke: Das liegt an Ihnen, Herr Amtsbruder. Sie kommen mit dem strengen Gesetz: Pogorzelski hat das andere, die Liebe.

Naujoks: Aber nicht die christliche.

Radtke: Das ist dem lieben Gott egal, wenn er sie nur überhaupt hat. Die christliche kommt ganz von selbst aus der andern, und darum bin ich dafür, daß er bestanden hat.

Drygalski: Und da Graf Dohna ihn nehmen will —

Graf Dohna: Nehme ihn. Hat bestanden.

Naujoks: Er hat nicht bestanden.

Drygalski: Er hat zum zweitenmal bestanden, gestern und heute, als er dies würdige Gremium überzeugte.

Dohna: Sogar mich.

Naujoks: Mich hat er nicht überzeugt.

Drygalski: Also gut: Sie sollen ihn noch einmal vornehmen, überzeugen Sie uns. (Klingelt, der Amtsdiener kommt.) Der Kandidat soll hereinkommen.

Pogorzelski erscheint.

Drygalski: Rektor Pogorzelski, das Prüfungskollegium hat beschlossen, Ihnen noch letzte Fragen vorzulegen. Bitte, Herr Konsistorialrat.

Naujoks: In welchem Gleichnis stellt Christus die Forderung, dem leidenden Nächsten zu helfen?

Pogorzelski: Gleichnuß mit Forderung von Nächsten helfen?

Naujoks: Ja, Herr Kandidat.

Pogorzelski: Ich nicht wissen, Herr Pfarrer.

Drygalski: Aber Pogorzelski!

Pogorzelski: Pschakrew — wissen nicht, Herr Rat. Barmherzigen Samariter?

Drygalski: Na also.

Pogorzelski: Geht nicht. Ist anders gemeint.

Naujoks: Hier gibt es keine Meinungen. Wenn der Nächste zerschlagen daliegt...

Pogorzelski: Ist nicht Nächster, wo daliegt.

Naujoks: Wer denn?

Pogorzelski: Ist sich Samariter.

Naujoks: Sie verdrehen das Evangelium.

Pogorzelski: Wie heißt Frage von Herrn Christus?

Drygalski: Na — wie heißt sie?

Pogorzelski: Wer ist der Nächste dem, der unter die Mörder fiel? Antwort: Der Samariter. Nicht der, wo hat Prügel gekriegt, ist Nächster, der, wo hilft.

Drygalski: Ich fürchte, der Mann hat recht.

Dohna (lacht): Bestanden, bestanden.

Naujoks: Ich habe den Text nicht zur Hand.

Pogorzelski: Sollen ich aufsagen Gleichnuß? Können ich auswendig.

Naujoks: Danke, nein. Aber da wir bei der Nächstenliebe sind: Wie würden Sie sie, abgesehen vom Gleichnis, definieren?

Pogorzelski: Definieren? Aber Herr Rat, — lassen sich Liebe definieren? Ist sich nicht Bestes an Liebe, daß bloß zu leben, nicht zu sagen? Ist sich Mensch glücklichster, wenn können lieben; hat er nicht immer, was gut dazu — wo sollen hin mit seinen Lieben, seinen Leben? Ist Herr Christus gekommen, hat gesagt, liebe deinen Nächsten, wissen du gleich, wohin mit allem. Sehen Herr Rat, ist sich schönstes Gebot, viel schöner als alle zehn Gebote, machen viel mehr Spaß, viel mehr Glück. Finden kleinen frierenden Katz — Herr Rat, helfen kleines Tier, geben Futter, geben Wärme, bis schnurrt wie kleinen dicken Brummtopf. Finden Kind krankes, weint, — Herr Pfarrer gehen hin und helfen, bis wieder lacht, nicht weil befollen, weil Freude macht. Gut sein zu wem nicht geht gut, beinah so schön wie Lieben, Herr Rat. Nicht ganz so, aber beinah. Ist sich so schön, weil sich ist bloß tun, nicht reden. Samariter in Gleichnuß sagen auch nichts, halten Maul und verbinden Loch in Kopf. Nächstenliebe nicht immer leicht. Ist nicht bloß geben und helfen, ist auch richtiges Tachtel an richtiges Fleck. Wenn Rogalski besoffen, nicht streicheln, armes Rogalski, kann nicht mehr stehen — haut ihm eine, daß nicht mehr mag saufen. Wenn einer richtig hier, er richtig in allen — gibt Gott und wenn nicht gibt, armes Hund. Wer nicht hat der Liebe oder wenigstens der Nächstenliebe, bleiben sehr armes Hund, Herr Rat. Ist sich keine Definition von Nächstenliebe, ist sich aber vielleicht kleines Wirklichkeit von ihr.

Drygalski: Herr Rat, ich glaube, die Predigt war der beste Befähigungsnachweis des Kandidaten.

Dohna: Bestanden, bestanden.

Naujoks: Richtiges falsch gesagt.

Drygalski: Ihnen ist nicht zu helfen. Meine Herren, Ihre Stimme?

Alle: Bestanden, bestanden!

Drygalski: Herr Pfarrer Pogorzelski, ich gratuliere!

Dohna: Gleich mitkommen. Sonntag predigen. Komme selber in die Kirche.

Faßt Pogorzelski unter, verläßt mit ihm den Saal, die anderen folgen. Wenn sie gegangen sind, taucht wie ein Schatten Wuta auf, jetzt wieder so gekleidet wie zu Beginn des zweiten Akts. Sie horcht an der Türe, nickt, lacht, öffnet dann leise und folgt lautlos den ferne Davonschreitenden. Die Türe bleibt weit offen, der fremde Hausgeist entweicht wieder.

Vorhang.

DRITTER AKT

Erste Szene

Ortelsburger Friedhof. Links eine kleine Kirche, rechts in der Mitte ein offenes Grab. Warmer Herbsttag. Aus der Kirche klingt leises Orgelspiel. Über die niedrige Mauer sieht man dann und wann Männer und Frauen vorübergehen.

Von hinten zwischen den Gräbern her kommen Pogorzelski und Wuta nach vorne.

Pogorzelski: Du hast ihn gesehen?

Wuta: Haben ich gesehen wie dich und mich. Langes, schwarzes Mantel, großes, schwarzes Hut und böse, huh, so böse! Will was.

Pogorzelski: Was soll wollen?

Wuta: Der Herr Pfarrer wollen immer was.

Pogorzelski: Naujoks nicht Herr Pfarrer. Naujoks Herr Konsistorialrat. Du nicht verstehen.

Wuta: Aber ich verstehen, daß er hier zu horchen.

Pogorzelski: Was sollen horchen?

Wuta: Was du sagst.

Pogorzelski: Sagen, was immer sagen, wenn Mann tott.

Wuta: Hat Pfarrer nicht gewollt du Pfarrer werden. Bist Pfarrer. Er sich ärgern. Sollst weg.

Pogorzelski: Wenn sollen weg, er konnten lange kommen. Binnen ich Pfarrer seit — wart einmal — seit drei Jahren.

Wuta: Bist Pfarrer bloß in Dorf.

Pogorzelski: Pfarrer ist Pfarrer.

Wuta: Pfarrer in Dorf anders wie Pfarrer in Stadt.

Pogorzelski: Binnen nicht Pfarrer in Stadt.

Wuta: Bist heute Pfarrer in Stadt. Sollst begraben Pfarrer von Stadt Ortelsburg. Schlimm für dich.

Pogorzelski Warum schlimm?

Wuta: Wieso ist der Herr Pfarrer hierher gekommen? Wieso heute? Wieso nicht vor einem Jahr, vor halbem Jahr nach Pissanitzen? Warum wollen er hier hören dich?

Pogorzelski: Ist gekommen, weil kennt altes totes Pfarrer Radtke.

Wuta: Ist gekommen, weil denkt, hier gutt für mich, schlecht für ihn. Hier hören viele Männer aus Stadt, was du sagst. Lachen über dich. Er auch hören, was du sagst, hören, wie sie lachen. In Königsberg erzählen. Dann er können sagen: hat schlecht gemacht, Leute haben gelacht. Muß weg. Kommt heute zu Fiesematzbrum — wie in Kutten.

Pogorzelski: Binnen ich nicht mehr Lehrer.

Wuta: Ist er nicht mehr Pfarrer. Micha, du bist dumm, weißt nicht von Menschen.
Pogorzelski: Wissen mehr wie du.
Wuta: Bist bloß ein Mann. Frauen klüger.
Pogorzelski: Dummer Weib — wissen nichts.
Wuta: Micha, paß auf. Will er dir Schlimmes.
Pogorzelski: Warum?
Wuta: Weil du bist Pfarrer — sei klug.
Pogorzelski: Wie sollen ich klug sein?
Wuta: Reden, wie Pfarrer an Grab redet.
Pogorzelski: Können ich nicht. Waren gutes, altes Mann, Pfarrer Radtke. Müssen ich mehr sagen.
Wuta: Denken, er hört zu, fährt nach Königsberg, sagt: Pogorzelski schlecht predigen, weg mit Pogorzelski!
Pogorzelski: Was wissen du von Königsberg?
Wuta (lacht): Weiß ich, war dort.
Pogorzelski: Du in Königsberg?
Wuta (nickt): War da, wie du da warst.
Pogorzelski: Ist nicht wahr.
Wuta: Ist wahr. Haben dir abgenommen Pelz und Mütze bei Generalchen. Hast nicht gemerkt. Bist dumm. Haben ich viel gesehen, viel gehört, darum Angst.
Pogorzelski: Pschakrew, Angst! Dummer Weib, können nichts machen. Pfarrer Drygalski nicht erlauben.
Wuta: Pfarrer Drygalski alt, Pfarrer Naujoks jung. Junge stärker als Alte.
Pogorzelski: Bei Pfarrer nicht. Je älter, je stärker.
Wuta: Micha, du sehr dumm. Armer Micha!
Pogorzelski: Was sollen ich tun?
Wuta: Reden, wie Pfarrer redet.
Pogorzelski: Können ich nicht, wird schon gehen — wenn nicht geht, schisko jedno. Gehen ich wieder Gänse hüten.
Wuta: Kannst nicht mehr.
Pogorzelski: Würden ich gerne.
Wuta: Micha, Micha!
Pogorzelski: Micha, Micha! Werden ich ihn verzaubern.
Wuta: Den nicht.
Pogorzelski: Warum nicht?
Wuta: Zaubern nur für Mensch. Er kein Mensch, bloß Pfarrer.
Pogorzelski: Werden ich doch.
Wuta: Micha, du bist stark; aber du bist dumm.
Pogorzelski: Weib elendiger, verstehstu nicht.
Wuta (lacht): Micha, Micha.

Pogorzelski: Werden ich reden bestes Predigt für alten Radtke. Du werden sehen.
Wuta: Werden ich sehen, wer stärker.
Pogorzelski: Pschakrew. Ist Zeit. Müssen in Kirche.
Wuta: Hättst nie in Kirche müssen sollen.
Pogorzelski: Müssen ich weitergehen, helfen nicht.
Wuta: Hast recht, Micha. Gehen du weiter. (Sieht über die Mauer.) See so blau. Jetzt Pikollos Fischchen braten. Komm mit, Micha.
Pogorzelski: Können nicht, müssen predigen — (Pogorzelski ab.)
Wuta (nickt): Wirst bald kommen. (Geht nach hinten, verschwindet zwischen den Gräbern.)

Drygalski und Naujoks kommen, sehen sich um, setzen sich vorne auf zwei kahle, kaum bepflanzte alte Grabhügel.

Drygalski (zeichnet mit dem Stock im Sand): War ein reizender Kerl, der alte Radtke.
Naujoks: Ich habe ihn kaum gekannt.
Drygalski: Sieh an — interessant! Er war der geborene Pfarrer. Nicht weil er so viel Talent zum Predigen oder Seelsorgen hatte, sondern weil alle ihn gern mochten. Um ihm einen Gefallen zu tun, eine Freude zu machen, gingen sie in die Kirche, lebten sie christlich, und er lächelte sein freundliches, ein bißchen beschränktes Lächeln und hatte damit eine der besten Gemeinden.
Naujoks: Ich nenne das nicht Pfarrer.
Drygalski: Herr Konsistorialrat, was Sie treiben, kann ich auch nicht gerade pfarrerhaft nennen.
Naujoks: Herr von Drygalski...
Drygalski: Wenn Sie mich fordern wollen, mein Lieber, — ich stehe Ihnen gerne zur Verfügung. Es wird Pogorzelski ein Vergnügen sein, meinen Sekundanten zu spielen.
Naujoks: Mir fehlt der Sinn für solche Scherze.
Drygalski: Ihnen fehlt manches, was zum Wesen des Geistlichen gehört. Humor bestimmt.
Naujoks: Es steht nirgends geschrieben, daß unser Herr Christus auf diese Eigenschaft besonderen Wert gelegt hätte.
Drygalski: Er war kein Pfarrer, Herr Kollege. Er kannte auch keinen Pfarrer, sonst hätte er sicher über die Notwendigkeit des Humors der Bergpredigt noch ein Sonderkapitel angehängt.
Naujoks: Über Geschmack läßt sich nicht streiten.
Drygalski: Da haben Sie recht. Der meinige wäre es nicht, mich vom Hohen Konsistorium als — sagen wir — Beobachter entsenden zu lassen.

Naujoks: Herr von Drygalski, ich nehme Rücksicht auf Ihr Alter...

Drygalski: Von dieser Verpflichtung spreche ich Sie frei — ich nehme auch keine Rücksicht auf Ihren geistlichen Stand. Als ich Sie hier traf, dachte ich zuerst, Sie wollten dem guten, alten Radtke, wie man sagt, die letzte Ehre erweisen. Ich nahm das auch weiter als eigentlichen Grund Ihres Kommens, als Sie mir von dem Interesse des Konsistoriums an dieser ersten städtischen Predigt Pogorzelskis erzählten. Jetzt weiß ich, daß Radtke Ihrem Herzen völlig fernstand, und daß Sie nur um meines Zöglings willen gekommen sind. Sprechen wir's aus: um ihm ein Bein zu stellen.

Naujoks: Um ihn wenn möglich aus einem Amt zu entfernen, für das er ungeeignet ist und meiner Meinung nach immer ungeeignet war.

Drygalski: Diese Offenheit anerkennend gestehe ich, daß ich hier bin, um Ihre Absicht mit allen Mitteln zu hintertreiben.

Naujoks: Also offener Gegner!

Drygalski: Sie können sich gar nicht vorstellen, wie fatal mir so etwas ist.

Naujoks: Ostpreußische Offenherzigkeit.

Drygalski: Sie steht Ihnen jederzeit zur Verfügung. Um so mehr, je weniger Sie den Gegner mit Offenheit bekämpfen.

Naujoks: Ich kämpfe offen.

Drygalski: Nein, das tun Sie nicht. Sie stellen nicht sich — Sie stellen ein Amt gegen ihn, kämpfen nicht Mann gegen Mann, sondern Amt gegen Mann. Wobei der Mann verlieren muß, wenn nicht ein anderer sein Amt wieder für den Mann einsetzt.

Naujoks: Ich habe nie verstanden, wie ein Mann von Kultur und Geist sich für dieses primitive Gewächs ohne jede Kultur und jeden Geist einsetzen kann.

Drygalski: Kultur und Geist sind ganz schöne Dinge, mein Lieber, wenn sie von lebendigen Seelen getragen werden, wie dieser Pogorzelski eine ist. Wenn sie auf gleichgültigen, kalten Herzen sitzen, verzichte ich mit Vergnügen und halte mich an die menschliche Wärme auch ohne Geist und ohne Kultur. Die hat nämlich in ihrer Einfachheit so viel wirkliche Kultur, daß all der sogenannte Geist, der christliche wie der unchristliche, entschuldigen Sie — dagegen ein Dreck ist.

Naujoks will antworten, da beginnen die Glocken zu läuten. Er zuckt die Achseln und wandert langsam zum Kircheneingang hinunter.

Drygalski sieht ihm nach, als auf einmal Wuta neben ihm auftaucht. Sie knickst ganz tief, küßt ihm beide Hände, drückt einen kleinen bunten Blumenstrauß, den sie von den Gräbern gepflückt hat, in seine Rechte und ist wieder verschwunden. Drygalski sieht ihr verwundert nach, folgt dann langsam Naujoks.

Aus der Kirche kommen die Träger mit dem Sarg. Pogorzelski folgt barhäuptig, die Bibel in den Händen in Lutherhaltung, hinter ihm die Trauernden und eine Menge städtischer Gäste und Neugierige. Der Zug begibt sich zu dem offnen Grab, der Sarg wird daneben gestellt, die Trauernden stehen herum. Im Vordergrund erscheinen, für Pogorzelski durch die anderen verdeckt, Drygalski und Naujoks.

Pogorzelski: Im Namen des Vaters und des Sohnes und des Heiligen Geistes.

Die Gemeinde: Amen.

Pogorzelski spricht das Vaterunser bis zu den Worten: Wie im Himmel, also auch auf Erden. Die Gemeinde nimmt den Text auf und spricht in halblautem Chor weiter: Unser täglich Brot gib uns heute — bis zu: Führe uns nicht in Versuchung. Da setzt wieder Pogorzelski laut und feierlich ein: Denn Dein ist das Reich und die Kraft und die Herrlichkeit in Ewigkeit — Amen. Danach tritt er auf den Sandhügel hinter dem Grab. Erwartungsvolles Schweigen — ferne läutet eine leise Glocke.

Pogorzelski: Meine lieben Leidträger — stehe ich vor euch erstes Mal. Sollen ich begraben guten Hirten euriges, sollen ich predigen zu euch, wo ich und haben gepredigt sonst nur vor Kätner meiniges. Altes Pfarrer Radtke haben gesagt: Pogorzelski, sollst du mir begraben. Wollen ich Mühe geben, daß er Vergnügen hat in Paradies über schönes Begräbnus, wo wir auf ihm machen. Denken ich, daß ich predigen vor Leuten aus Stadt. Sind klug, oder denken, sind klug: wollen ich um Totten klagen wie David, alter Judenkönig, als er noch nicht war alter Judenkönig, geklagt hat über Freund seiniges Jonathan. Wollen ich Psalm singen an Grab wie Psalm Davids zu ehren den Totten und die Lebendigen. Heulet, ihr Ortelsburger Tannen, eure Zeder ist gefallen; aber Pfarrer Radtke waren aus Kraupischken, nicht aus Jerusalem. Masur brauchen andere Musik; sollen habben.

O weh dir, Ortelsburgsch Gemein,
Hast verloren Pfarrer dein,
Geschlossen ist das Auge, tott,
Maul zu, was hat geredt von Gott.
So blüht in Garten Rosenstock,
Springt zu, frißt ab der Ziegenbock,
So fraß auch mitt' im Lebenslauf
Der Tod den selgen Pfarrer auf.
Nun liegt er da auf Gottesacker,
Pfui Tod, du Racker!

Die Leute sehen sich erstaunt an, da und dort unterdrückte Heiterkeit. Naujoks sieht ironisch auf Drygalski, notiert etwas vom Text in sein Taschenbuch.

Pogorzelski (beugt sich zu dem Sarge): Lieber, alter Pfarrer Radtke! Binnen ich so traurig, daß ich müssen stehen an Ihrem Sarg. Hätten ich viel lieber, lägen ich drin und Sie hielten Predigt. Bekämen ich viel schönere Predigt, als Sie bekommen, lieben, guten Pfarrer Radtke.

War er so ein guter Mann! Hat keinen gewußt, wie gut. Ich haben gewußt. Er waren gut und machten Menschen gut, machten sie lieben ihn und machten sie tun wie er. Waren er richtigen Pfarrer, predigen nicht richtig leben — leben selber richtig. Lieber, guter Pfarrer Radtke, haben ich immer vergessen zu danken, müssen danken in offenen Grab hinein. Diesen guten alten Mann haben mich geholfen, Pfarrer werden, sprechen ich Deutsch bloß wie Masur: haben er gesagt: ist besser Richtiges falsch als Falsches richtig sagen. Menschlicher Leben richtig, nicht menschlicher Wörter. War immer für menschlicher Leben, guter Pfarrer Radtke.

Was ist menschlicher Leben? Kreuz, Jammer und Elend sind die drei Windhunde menschlichen Lebens, mit was wird Mensch gehetzt und gejagt, wie Hasen auf Bartholomäusjagd. Quid est vita humana? Was ist menschlicher Lebben? Menschlicher Lebben ist wie Teerpaudel an Wagen: schlickerdischlacker, schlickerdischlacker, reißt sich Strick, aus ist menschlicher Lebben.

Item: Was ist menschlicher Lebben weiter? Menschlicher Lebben ist baufällig Strohdach, kommt Wind, pardauz, fällt um, ist hin. Menschlicher Lebben ist wie Frosch in Sumpf, kommt Tod wie Storch, spießt auf, frißt auf. Aus ist menschlicher Lebben. Ach, meine lieben Leidträger, mit was ist menschlicher Lebben nicht zu vergleichen?

Unterdrücktes Gelächter, Zwischenrufe: Menschlicher Lebben ist wie Wind in Bauch. Neue Heiterkeit.

Pogorzelski (reckt sich): Lachen über mir haben ich gerne; aber nicht an Grab von guten alten Pfarrer Radtke. Sehen ich viele aus seiner Gemein' weinen; wenn einer weint, soll anderer nicht lachen. Nicht in Dorf, nicht in Stadt. In Stadt Mensch taugt ebensowenig wie auf Land. Ist alles eins. Hab ich einmal gemacht eine Gedicht, passen gut auf dummes Lacher hier:

Heißt mancher groß und edel,
Gar stolz herumspaziert
Und hat doch nichts im Schädel.
Von Tugend nix passiert.
Denn wenn man recht drauf achtet,
Ist kein Johannswurm nicht,

Vielmehr, nahbei betrachtet,
Kommt Wanzker vors Gesicht.

Drum laßt euch gar nicht blenden
Von solchem Gloria:
Merkt auf, bis sich wird wenden
Die ganz Historia.
In kurzem geht's bergunter,
Denn Menschenleben rennt,
Oft ist man fix und munter —
Und wie sieht's aus am End?

Und wie sieht's aus am End? Wißt ihr, wie aussieht? Nicht wie guter, alter Mann, den wir hier in seinen hölzernen Schlafrock der Erde übergeben — der hat verdiente Ruhe und ist in Frieden mit guten Gewissen zu ihr eingegangen. Was aber ist mit euch? Mit Spöttern und Lästerern? Sind nicht gut und nicht böse, sind nur töricht und werden gehetzt von Torheiten und kleinen Lastern. Großes Laster manchmal gutt, kleines immer schlecht. Laufen hinter ihm her und wollen seine Kraft zu wachsen, groß zu werden: muß rennen und rennen, holen ihn doch ein, saugen sich an wie Holzbock an Bein, saufen Blut und Kraft und jagen dummen Hund in seine alleinige Hölle. Sattelt er Pferd seiner Angst und galoppiert davon — hilft ihn nicht. Kleine Bestien viel schneller, jedes auf blinden Gaul der Lust. Holen ihn ein, springen zu ihm hinüber, beißen und saugen, daß ihn immer leichter und schwächer und Pferd der Angst immer größer und schneller und gefährlicher wird. Seht, wie Tier die Augen brennen und seine langen, dünnen Beine knicken! Die Reiter der Offenbarung kamen auf Ackergäulen neben Angstpferd von Schwachen und Dummen. Sense ihriges schneidet weniger in Fleisch als Zecken der Laster ohne Kraft. Pecca, sed pecca fortiter, sagt Doktor Martinus. Wo ist fortitudo in menschliche Lebben? Ist sich nicht in Gutem, ist sich nicht in Bösem. Gute, alte Pfarrer Radtke — der waren tapfer in seine Gutheit und hatten Mutigkeit zur Liebe — ach wie feige sein Menschen schon in Liebe! Mutigkeit zu hassen noch viel kleiner — stellen sich hin wie dumme Lorbas, wo Hemd aus Hose hängt, und lachen in offenes Grab, wenn nicht verstehen, was einen meint.

Naujoks, der dauernd Notizen macht, tritt in diesem Augenblick im Eifer etwas weiter vor, daß er für Pogorzelski über dem offenen Grab und in seiner Tätigkeit sichtbar wird. Unwillkürlich hebt auch Naujoks einen Moment den Kopf und sieht den Gegner an, merkt, wie Pogorzelski die Situation erfaßt und tritt unwillkürlich wieder in seine gedeckte Stellung zurück.

Pogorzelski (nach kurzem Schweigen) Aber meine lieben Leidträger, wollen ich nichts sagen gegen dumme Labommels. Denken nicht besser, wissen nicht besser – morgen vergessen. Brevis est vita humana – menschlicher Lebben zu kurz für Kleinigkeiten, sind wir allzumal Sünder. Was aber sollen man sagen von einen Mann, das hat auch studiert Prediger, trägt Gewand geistliches mit Talar und Beffchen und stellen sich mit Notizbuch an offenes Grab und schreiben auf, Bericht für Hohes Konsistorium über was hat gesagt Amtsbruder liebes, was redet bloß Masurisch und nicht Königsbergisch. Was, meine lieben Leidträger, wird gutes, altes Pfarrer Radtke sagen zu solches Amtsbruder? Fragen wir nicht, ist besser, und er war einen guten Mann. Was würde unser Herr Christus sagen? Gar nichts, meine lieben Leidträger. Würde er ihm geben einen Kuß. Binnen ich nicht der gute Pfarrer Radtke, binnen ich viel weniger der Herr Christus. Binnen ich nur der Pfarrer Pogorzelski aus Pissanitzen beim Grafen Dohna, der ein guter und vornehmer Herr ist. Sagen ich: tritt hervor, Konsistorialrat Naujoks, nimm deinen Schreibtafel, schreib auf!

Drygalski (tritt vor): Lieber Pogorzelski.

Pogorzelski: Lieber Herr Pfarrer Drygalski, wenn sagen, ich sollen Maul halten, wollen ich gehorchen und Maul halten.

Drygalski: So einfach ... (Schüttelt den Kopf.)

Pogorzelski: Wenn Ihr aber nicht sagen, ich sollen Maul halten, dann bekennen ich vor Gott und Menschen, was ich denken; dann müssen ich bekennen, daß einer ein Judas und Erzschelm, wo hingeht zu verraten dem Nächsten an die Pharisäer und Hohenpriester.

Naujoks (schlägt sein Buch zu, ruhig): Herr Pfarrer Pogorzelski, Sie sind sich darüber im klaren, daß Sie über diese Predigt und diese Worte am offenen Grabe anderen werden Rede und Antwort stehen müssen.

Pogorzelski: Binnen ich klar, daß ich nur sagen, was ist.

Drygalski: Herr Pfarrer Pogorzelski, schließen Sie Ihre Predigt ab.

Pogorzelski (nach kurzer Pause): Lieber Pfarrer Radtke, bitten ich um Verzeihung, daß ich an Ihren Grab haben Wörter gesagt, was nicht gut. Wollten ich brauchen beste, weil beste für Euch eben genug gut, wollten ich sagen, haben Euch sehr gern gehabt. – Zu spät jetzt. Lieben Pfarrer Radtke, seien nicht böse mit mir: vergessen ich immer Hinhalten von andere Wange, wenn einer haut. Christ stillhalten, Masur wiederhauen – binnen ich bloß schlechter Masur gewesen. Werden ich Gott bitten, helfen mir Weg zeigen, daß guter Christ nicht bloß mit

Maul werden, wie Ihr einer gewesen, lieber Pfarrer Radtke. Requiescat in pace! Ruhe in den Frieden, den du schon auf der Erde hattest. Der Friede Gottes, den höher ist als aller Vernunft und alle Weisheit, sei mit dir — Amen! (Singt:)

Wenn ich einmal soll scheiden,
So scheide nicht von mir...

Die Leute entblößen die Häupter und singen zuerst leise, unsicher mit, dann immer lauter und schöner, zuletzt ergibt sich ein großer, voller Chor. Pogorzelski schreitet, nachdem er seine drei Hände voll Erde ins Grab geworfen hat, langsam wieder zur Kirche. Die Menge zerstreut sich.

Drygalski (sieht ihm kopfschüttelnd nach): Ist doch ein herrlicher Kerl.

Naujoks: Aber ein unmöglicher Pfarrer.

Drygalski: Wissen Sie das so genau?

Naujoks: Herr von Drygalski...

Drygalski: Ich weiß, ich weiß. Sie haben ein Recht, erregt zu sein. Aber versuchen Sie mal wie er die Sache mit der christlichen Wange.

Naujoks: Ich bin nicht nur Geistlicher, sondern auch Beamter.

Drygalski: Beides ist in diesem Fall erschwerend — ich gebe es zu; aber der Christ muß beide tragen.

Naujoks: Gerade der Christ empört sich.

Drygalski: Ein empörter Christ — ein seltsames Wort.

Naujoks: Was hier ausbrach, war der Heide, der immer aus ihm sprach. Fehlte bloß noch, daß er den Fluch seiner Heidengötter auf mich herabrief, Perkunos' Blitz herniederzauberte.

Drygalski: Seien Sie froh, daß er es nicht tat. Pogorzelski kann zaubern.

Naujoks: Das sagt ein christlicher Theolog des 18. Jahrhunderts.

Drygalski: Keine Theologie und kein 18. Jahrhundert können mich hindern zu sehen, was ist.

Naujoks: Sie glauben an Zauberei?

Drygalski: Entsinnen Sie sich des Examens von Pogorzelski?

Naujoks (zuckt die Achseln): Ich wüßte nicht...

Drygalski: Menschlicher Leben lebt nur von Zauber. Wo keinen ist, ist keinen Leben: das sagte er damals, und er hat recht.

Naujoks: Wieso?

Drygalski: Merken Sie noch immer nicht, daß dieser Zauberer Gottes uns alle beide wieder verzaubert hat?

Naujoks (lacht, schüttelt den Kopf): Mich nicht, bei Ihnen scheint es in der Tat der Fall.

Drygalski: Ach nein, Herr Kollega, Sie hat es viel mehr gepackt. Ich habe den Kerl immer geliebt, weil er ein richtiger Mensch ist, Sie aber hassen ihn sogar.

Naujoks: Ja.

Drygalski: So sehr hat er es Ihnen angetan.

Naujoks: Da ist nichts von Zauber, da ist nur bessere Einsicht, die sich auflehnt gegen einen Eindringling.

Drygalski: Er ist der Stärkere.

Naujoks: Wir werden sehen.

Drygalski: Er wird siegen.

Naujoks: Das werden selbst Sie nach dieser Predigt nicht mehr erreichen können.

Drygalski (nach kurzer Pause): Was gedenken Sie zu tun?

Naujoks: Ich werde berichten, das genügt.

Drygalski: Ich werde ebenfalls berichten.

Naujoks: Ich kann Sie nicht hindern, obwohl ...

Drygalski: Fürchten Sie nichts, ich werde genau so sachlich sein wie Sie.

Naujoks: Dann erübrigt sich Ihr Bericht.

Drygalski: Doch nicht. Ich stand an einer anderen Stelle der Welt und sah anderes als Sie. Ich sah alle beide, Sie und ihn; Sie sahen nur ihn und haßten den Zauberer.

Naujoks: Sie irren, nicht den Zauberer, sondern den schlechten Pfarrer.

Drygalski: Sie irren, nicht ich. Was Sie reizt, ist zuletzt die Wirkung, die Pogorzelski trotz seinem Deutsch und trotz seiner masurischen Verdrehtheit auch auf Sie übt.

Naujoks: Sie irren schon wieder, er wirkt nicht.

Drygalski: Aber Sie hassen ihn ja sogar – ist das keine Wirkung?

Naujoks: Nein – das ist die Voraussetzung.

Drygalski: Ein schlechter Psychologe sind Sie, müssen mal was dagegen tun. Anton Reiser lesen oder so etwas. Also Sie wollen berichten?

Naujoks: Ja, Herr von Drygalski.

Drygalski: Und dann?

Naujoks: Dann hat das Konsistorium oder der Kirchenrat zu entscheiden.

Drygalski: Worüber?

Naujoks: Über die Form seines Ausscheidens.

Drygalski: Pensionierung?

Naujoks: Oder – Entlassung.

Drygalski: Er ist ein sehr großer Zauberer.

Naujoks: Er ist ein sehr schlechter Hirte.

Drygalski: Er hat mit diesem Beruf viel früher begonnen als wir beide.

Naujoks: Er hätte dabei bleiben sollen, aber bei seinen Gänsen.

Drygalski: Der Vorwurf trifft mich; aber ich nehme ihn auf mich; denn ich täte dasselbe sofort noch einmal, und ich bin überzeugt, daß ich am Ende recht behalte.

Naujoks: Wir werden es sehen.

Drygalski: Die Starken behalten immer recht.

Naujoks: Sie haben die Stärke des höheren Alters.

Drygalski: Ich sprach nicht von mir, ich meinte Pogorzelski.

Naujoks: Ich fürchte, Sie überschätzen Ihren Zauberer.

Drygalski: Ich fürchte, Sie unterschätzen ihn.

Naujoks: Das Konsistorium mag entscheiden.

Drygalski: Ich glaube eher, daß wir die Entscheidung Gott oder dem Schicksal werden überlassen müssen. Menschen sind hier zu wenig, selbst höhere Geistliche. Auf Wiedersehn, Herr Kollega.

Naujoks grüßt steif, ab.

Drygalski wendet sich langsam der Kirche zu, aus der wieder Orgelspiel klingt. Er liest da und dort eine Grabinschrift, betrachtet ein Kreuz und wartet so, bis Pogorzelski, jetzt ohne Talar, in Zivil, aus der Kirche kommt. Da bleibt er stehen und erwartet ihn. Beide sehen sich eine Weile schweigend an.

Drygalski: Ach, mein Lieber ...

Pogorzelski: Waren sehr schlimm, Herr Rat?

Drygalski: Schlimm genug. Nun geht die Sache weiter nach Königsberg.

Pogorzelski: Und dann?

Drygalski: Dann kommt der blaue Brief.

Pogorzelski: Meinen, ich müssen aufhören?

Drygalski: Das muß das Konsistorium entscheiden.

Pogorzelski: Wieder einen Prüfung.

Drygalski: Pogorzelski, was machen Sie mir für Sorgen!

Pogorzelski: Tun mich so leid, Herr Rat, haben nicht gern getan. Mußten aber.

Drygalski: Ach was, Sie brauchten das Geschreibsel von Naujoks gar nicht zu beachten.

Pogorzelski: Mußten ich, Herr Rat, mußten ich.

Drygalski: Sie mußten gar nicht. Dann hätten Sie all den Unsinn von Judas und Erzschelm gar nicht geredet.

Pogorzelski: Hat mich gutgetan zu sagen.

Drygalski: Auch noch! Und er läuft hin und berichtet, wie Sie sich hier am offenen Grabe benommen haben, und ich kann sehen, wie ich Ihnen helfen kann.

Pogorzelski: Brauchen nicht helfen, Herr Rat, lassen gehen. Was kommt, kommt.

Drygalski: Und wer geht, geht.

Pogorzelski: Muß einmal jeder gehn.

Drygalski: Aber nicht vor der Zeit.

Pogorzelski: Geht keinen vor der Zeit.

Drygalski: Das sagen Sie so.

Pogorzelski: Zeit, wo einen gehen muß, bestimmen Gott. Nicht Pfarrer Naujoks, nicht Konsistorium. Ich warten, bis er reden. Werden schon hören, wenn er sagt, werden schon merken. Haben ich keine Angst, keine Angst vor Naujoks, keine Angst vor Konsistorium, haben bloß Angst, Sie sind böse.

Drygalski: Ach was, böse.

Pogorzelski (strahlt): Dann alles gutt, binnen ich wieder froh. Schisko jedno — kommen Herr Rat.

Er faßt den alten Herrn unter, geht mit ihm zwischen den Gräbern hindurch und summt halblaut vor sich hin: Freut euch des Lebens.

Drygalski: Pogorzelski, was soll ich bloß mit Euch machen?

Pogorzelski: Nichts, Herr Rat, gar nichts — Gott machen lassen. Wissen er alles viel besser als ich — wissen vielleicht sogar besser als Ihr.

Die beiden gehen ab. Man hört von weitem noch Pogorzelski weitersingen. Wenn sie verschwunden sind, taucht zwischen den Gräbern Wuta auf. Sie stellt sich auf einen Grabhügel, sieht den beiden nach, hebt ihre Arme, lacht und ruft: „Bald, Micha, bald."

Zweite Szene

Pissanitzen. Hügel am See. Man sieht weit die noch im Eise liegende Fläche. Ganz fern etwas Ufer. Links an der Höhe Pogorzelskis Pfarrhaus. Sonniges Wetter, die Hügelhänge sind schon halb abgetaut, da und dort noch Schneeflächen. Frühlingswolken wandern.

Pogorzelski und Wuta sitzen am Hügelhang und starren über den See, Rücken zum Publikum.

Wuta (nach oben sehend): Wildgänse — hörstu, Micha?

Pogorzelski: Wird Frühling. Hosenboden bleibt trocken, wenn im Gras sitzt. Bald Frühling.

Wuta: Bald, Micha, bald.

Pogorzelski (auf den See blickend): Baczkos Jungens laufen Schlittschuh. Hat Zehrlöcher, Eis — aufpassen!

Wuta (lacht): Jungens hilft Pikoll, gehen nicht unter.

Pogorzelski: See tückisch, beinahe wie Mensch. Pikoll hilft nicht.

Wuta: Hat immer geholfen. Dir auch.

Pogorzelski: Siehstu Reiher dort? Hinter Kate von Priweit? Geht fischen. Großer Vogel.

Wuta: Wird Frühling, Vögel ziehen, horch.

Pogorzelski: Annuschka nicht zurück.

Wuta: Wo ist Annuschka?

Pogorzelski: Ist nach Lyck einkaufen. Warten seit Mittag.

Wuta (lacht): Du warten, Puttchen nicht.
Pogorzelski: Dummer Weib.
Wuta (lacht): Weiß ich.
Pogorzelski: Weißt nichts.
Wuta: Leicht zu sehen. Annuschka freundlich, Puttchen böse. Immer Annuschka hier, Annuschka dort — bist dumm, Micha, denkst immer, bist allein auf Welt. Bist nicht. Sehen viele, was du machst.
Pogorzelski: Machen ich nichts, was nicht alle können sehen.
Wuta: Machen du viel, was alle gern sehen und schwatzen drüber.
Pogorzelski: Lassen schwatzen.
Wuta: Aber wissen, daß schwatzen.
Pogorzelski: Wozu wissen?
Wuta: Wissen immer gut.
Pogorzelski: Besser nicht —. Annuschka vielleicht mit Wagen, fährt einen von Lyck, nimmt Mädchen mit.
Wuta: Hübsche Mädchen immer.
Pogorzelski: Annuschka hübsch.
Wuta: Bist dumm, Micha. Bist jetzt Pfarrer.
Pogorzelski: Kann jeden Pfarrer wissen.
Wuta: Glaubst d u — glauben nicht Pfarrer.
Pogorzelski: Kleine Annuschka —
Wuta (lacht): Groß geworden, kleine Annuschka.
Pogorzelski: Warum nicht zurück? Haben ich Sorge.
Wuta: Pikoll wird helfen, hat geholfen immer.
Pogorzelski: Warum er geholfen immer?
Wuta: Kein Brief, keine Strafe, nichts von Kuttener Pfarrer.
Pogorzelski: Wird schon kommen, haben Zeit, hohe Herren. Ist weit von Königsberg nach Pissanitzen. Kommt alles.
Wuta: Kommt nuscht. Und wenn kommt, schad nuscht. Bist alles los, Micha, keine Angst mehr.
Pogorzelski: Haben keine Angst.
Wuta: Hast Angst, merken ich. Angst um Annuschka, Angst vor Brief, Angst vor Konsistorium, überall Angst. Schad nuscht, vergeht. Kommstu wieder zu uns.
Pogorzelski (schüttelt den Kopf): Gehen alles bloß vorwärts, nicht rückwärts. Kannstu gehen von Pikoll zu Herrn Christus, kannstu nicht zurück. Frißt Reiher immer noch Priweits Fische. Lacht Pikoll.
Wuta: Lacht auch über dich.
Pogorzelski: Lacht nicht, ist klug. Ist nicht mehr zu sehen, seit der Kreuz kam. Wissen, die andern stärker.
Wuta: Micha, du bist krank.
Pogorzelski: Binnen ich nicht krank.

Wuta: Denkst immer, die andern, die andern. Denk lieber: Ich, ich.

Pogorzelski: Hilft nichts, kommen doch, bleiben stärker.

Wuta: Du stärker als alle, wart ab.

Pogorzelski: Müssen ich warten, hilft nichts — aber sehr schwer. Verdammte Naujoks, warum kommstu nicht? Dann gutt, dann in Ordnung, dann geht weiter. Wenn einen warten, gehen nicht weiter, stehen alles still. Warten schwer. Kommen, Wuta, jetzt drei Reiher fischen. Wollen sehen, ob noch können locken wie früher (stößt einen Reiherschrei aus, blickt nach oben), Kormorane, viele, und Lerchen. Frühling, Wuta, — wieder Frühling.

Wuta: Komm, Micha, wirst alt. Laß Erinnerung, mach dir neue — viel schöner. Komm zu Reiher, alter Mann.

Sie gehen langsam den Hügel hinab, wandern am Seeufer entlang und entschwinden den Blicken.

Von der andern Seite kommen Naujoks und Drygalski, bleiben angesichts des Pfarrhauses stehen und schauen hinauf.

Drygalski: Graf Dohna sorgt gut für seine Geistlichen. Die schönste Stelle von ganz Pissanitzen hat das Pfarrhaus, liegt schöner als das Schloß.

Naujoks: Der Abschied wird Pogorzelski schwerfallen.

Drygalski: Ich beneide Sie nicht um Ihr Amt. Ich verstehe überhaupt nicht, daß Sie hier sind.

Naujoks: Auftrag des Kirchenrats und eigene Vorsicht. Aber warum sind Sie mitgefahren?

Drygalski: Es ist besser, wenn bei solchen Begegnungen ein Dritter dabei ist.

Naujoks: Die Begegnung wird sehr kurz sein, falls überhaupt eine stattfindet. Ich habe lediglich das Entlassungsschreiben des Kirchenrats zu übergeben.

Drygalski: Konnten Sie das nicht der Post überlassen?

Naujoks: Post nimmt ab im selben Verhältnis, wie die Natur zunimmt. Das hab ich in Kutten gelernt. Sicher ist nur, was man selber bringt, und hier muß man sicher gehen.

Drygalski: Die Freude wollten Sie sich nicht entgehen lassen?

Naujoks: Von Freude ist keine Rede, nur von einem Amt. Man trug es mir auf.

Drygalski: Von Freude ist bei Ihnen überhaupt wenig die Rede, desto mehr von Ämtern.

Naujoks: Die Vorliebe für Ihren Schützling verführt Sie zur Ungerechtigkeit. Ich kann nichts dafür, daß die Vorsehung mich dazu ausersehen hat, auszugleichen, was Ihre allzu blinde Neigung aus einem ungeeigneten Objekt gemacht hat.

Drygalski: Das klingt sehr schön; aber es stimmt nicht. Nicht ich habe aus Pogorzelski etwas gemacht, sondern die Vorsehung, und was dabei entstand, ist dem Herrn bestimmt erheblich lieber als Ihre, entschuldigen Sie, kümmerliche Gerechtigkeit.

Naujoks: Herr von Drygalski!

Drygalski: Ach was, mein Lieber, etwas mehr Offenheit können Sie mir als dem Älteren schon gestatten. Wenn's Ihnen nicht paßt — ich stehe Ihnen, wie schon einmal gesagt, jederzeit zur Verfügung.

Naujoks: Danke, so viel Sinn für das Groteske habe ich leider immer noch nicht.

Drygalski: Wie sind Sie eigentlich mal auf die Idee gekommen, Theologe zu werden?

Naujoks: Die geistliche Laufbahn schien mir die einzige, die dem Geist wie der Wirklichkeit in gleicher Weise Genüge tat.

Drygalski: Ausgezeichnet, die Formel paßt auf Sie.

Naujoks: Inwiefern?

Drygalski: Das können Sie sich doch selber ausrechnen. Halber Geist und halbe Wirklichkeit: das ergibt den ganzen Konsistorialrat Naujoks.

Naujoks: Herr von Drygalski...

Drygalski: Die Formel stammt von Ihnen, nicht von mir. Im übrigen können Sie mich noch ein dutzendmal drohend bei Namen rufen. Ich sage doch, was ich von der Welt halte. Dazu bin ich eingesetzt, und zur Welt gehören Sie auch.

Naujoks: Ich schlage vor, daß wir jetzt zum Pfarrhaus gehen und die Sache zum Abschluß bringen.

Drygalski: Wenn Sie es denn gar nicht abwarten können...

Naujoks: Verpflichtungen, die ich übernommen habe, pflege ich möglichst rasch nachzukommen.

Drygalski: Ich glaube viel eher, daß Sie Ihren Sieg möglichst rasch auskosten möchten.

Naujoks: Ein Sieg wie dieser ist im Grunde kein Sieg.

Drygalski: Da haben Sie ausnahmsweise recht, zumal ich das dunkle Gefühl habe, daß es gar nicht bis zum Siege kommt.

Naujoks: Ich wüßte nicht, was noch kommen sollte.

Drygalski: Warten Sie's ab. Wir sind hier auf sehr preußischem Boden. Vielleicht kommen die alten Götter Ihrem bösen Feind doch noch zu Hilfe.

Naujoks: Ich muß wieder betonen, daß der Pfarrer Pogorzelski keineswegs mein Feind ist.

Drygalski: Aber Sie sind der seinige, das läßt sich nicht leugnen, und all das paßt so wenig in diesen wunderbaren Vorfrühlingstag, daß ich beinahe anfange, an Perkunos zu glauben.

Naujoks: Sie sind guter Laune, Herr von Drygalski.

Drygalski: Ich kann's nicht leugnen, Verehrtester, ich bin's. Was liegt, wenn man solch einen Himmel sieht, zuletzt an unserm bißchen Kram. Ich hab dem guten Pogorzelski vielleicht überhaupt einen Bärendienst erwiesen, als ich ihn aus dieser Welt, in die er gehörte, herausriß.

Naujoks: Das ist das erste Wort heute, dem ich meine Zustimmung nicht versagen kann.

Drygalski: Sehen Sie, wenn Sie alt genug werden, vertragen Sie sich sogar mit mir.

Sie sind zu dem Hause gekommen, klopfen an die Türe. Es öffnet Puttchen, als Pfarrersfrau schwarz gekleidet.

Puttchen: Mein nee — der Herr Pfarrer Naujoks und der Herr Rat von Drygalski. Eine hohe Ehre — daß der Micha aber auch nicht zu Hause ist und Annuschka auch nicht.

Drygalski: Pogorzelski ist nicht da?

Puttchen: Nein, Herr Rat. Wenn die Vögel ziehen, treibt er sich immer herum und kommt bloß abends spät nach Haus. Ich hab Angst um die Predigt am Sonntag; aber ich denk, er kömmt bald. Ich sah ihn vorhin unten am See. Er kann nicht weit sein. Ich wer' mal rufen (laut, hoch:) Micha!

Drygalski: Lassen Sie, Frau Pfarrer, so eilig ist es nicht.

Puttchen: Wollen die Herren nich reinkommen und drinnen warten? Ich koch gleich Kaffee. Ich war all dabei, aber denn sah ich aus dem Fenster und sah, wie von drüben, von Lyck her, 'n Schlitten übern See kam, und da war ich neugierig und blieb stehen, und da ist der Kaffee noch nicht fertig. Ich mach aber gleich.

Drygalski: Man nicht so drogg, Frau Pfarrer. Wir haben wirklich Zeit. Ich möcht sogar auf Ihren Mann warten, wenn er nicht gar zu spät heimkommt.

Puttchen: I nei, so is nu auch wieder nich. So um Sonnenuntergang, zum Schweinevesper, da is er all immer da.

Drygalski: Das ist schon reichlich spät. Wir müssen ja noch zum wenigsten bis Angerburg zurück.

Puttchen: Wollense nich übernachten, Herr Rat? Ich ruf gleich noch mal (ruft:) Micha!

Naujoks: Von Übernachten kann keine Rede sein. Ich möchte gar nicht hereinkommen, wir haben nur ganz kurz etwas mit Ihrem Mann zu besprechen.

Puttchen (horcht ins Land): Er antwort' nicht. Manchmal ruft er zurück. Wollen Sie nich reinkommen?

Naujoks: Ich denke, es ist besser, wir gehen ihn suchen. Dann kommen wir zusammen zurück, wenn wir ihn getroffen haben.

Drygalski: Wenn wir ihn suchen gehen, verfehlen wir womöglich den Heimkehrenden und warten irgendwo vergeblich auf ihn. Ich glaube, es ist besser, wir folgen der freundlichen Aufforderung der Frau Pfarrer und gehen ins Haus, zumal es anfängt, kühl zu werden.

Naujoks: Sie sind der Ältere. Wenn Sie also erlauben, Frau Pfarrer?

Puttchen: Aber jerne, kommen Se rein! Annuschka muß auch jeden Augenblick zurück sein.

Drygalski und Naujoks verschwinden mit Puttchen im Pfarrhaus, fast gleichzeitig kommen unten am Seestrand Pogorzelski und Wuta zurück.

Pogorzelski (zum See gewendet): Ist sich leichtsinnig, sagen ich. Eis tragen, aber haben Löcher, und Schlitten in Loch: pschakrew!

Wuta: Weißtu gar nicht, ob herüber will.

Pogorzelski: Sehen ich. Will. Halten hier auf Berg. Fremde Schlitten. (Er steigt hügelan, um besser zu sehen.) Kommen hierher, Weib elendiger, hier können alles sehen. Moj bosche, wollen er wirklich hierher, über See.

Wuta: Schafft er es?

Pogorzelski: Wissen ich? Würden ich nicht versuchen. So spät im Frühling. Zehrlöcher und Risse; auf den See geht noch, aber an Ufer. Wenn er kommt, ist sich Abend da. Warum Weib gerufen hat?

Wuta: Wird gedacht haben, sollst zum Kaffee kommen.

Pogorzelski: Rufen Puttchen sonst nicht. Vielleicht Besuch?

Wuta: Wirst sehen, wenn nach Hause kommst...

Pogorzelski: Wer soll kommen?

Wuta: Vielleicht der Pfarrer Naujoks?

Pogorzelski (lacht): Dann Puttchen nicht rufen; aber vielleicht... (Er sieht über den See.) Moj bosche...

Wuta: Was ist?

Pogorzelski: Vielleicht Annuschka im Schlitten...?

Wuta: Bist dumm, Micha.

Pogorzelski: War in Lyck, kommen Schlitten von Lyck, wer weiß...

Wuta: Armer Micha, zuviel Annuschka.

Pogorzelski: Können nichts machen.

Wuta: Hättst bleiben sollen.

Pogorzelski: Warum?

Wuta: Hättst gehabt Annuschka.

Pogorzelski: Ist Kind. Laufen lassen. Binnen ich alt.

Wuta (lacht): Alter Mann.

Pogorzelski (lacht auch, legt den Arm um sie und die Hand auf ihre Brust): Nicht für dich.

Wuta: Bald warm genug in Wald.

Pogorzelski (sieht nach oben): Wieder Wildgänse — hoch. (Der Mond beginnt groß und gelb über dem See aufzugehen.) Vollmond. Bald Ostern. Früh im Jahr.

Wuta: Richtig für Frühling und Eierchen. Gelbe Eier, bunte Eier. Haben die Deutschen nachgemacht. Wissen nicht, was bedeutet.

Pogorzelski: Wird schnell vergessen, was bedeutet. Ist so viel.

Wuta: Wir nicht vergessen, wir alles behalten. War viel schöner bei uns. Hättst bleiben sollen, Micha.

Pogorzelski: War vielleicht, weil bei uns war. Kam von uns. Pschakrew! Fahr schneller! Wird ganz duster, bis du ankommst.

Wuta: Wird schon ankommen. Mond gibt Licht, Eis hell.

Pogorzelski: Sehen aber keine Löcher mehr, und wenn Gaul mit Bein in Zehrloch, gnade Gott. Wenn Annuschka...

Wuta (lacht): Kannst ja beten, daß Weg finden.

Pogorzelski: Werd ich auch, Weib elendiger.

Packt Wuta, die etwas tiefer mit dem Rücken gegen ihn vor ihm steht, an den Schultern, zieht sie zu sich heran.

Pikollos helfen.

Wuta (lacht halblaut): Pfarrer Micha, was sagst du?

Pogorzelski: Sind in Not, muß alles helfen.

Wuta: Seh keine Not.

Pogorzelski: Kommt aber.

Wuta: Vielleicht nicht.

Pogorzelski: Vielleicht ja.

Wuta: Warten, bis kommt.

Pogorzelski: Dann zu spät, seh sie kommen. Müssen anfangen früh genug.

Wuta: Hast du Angst — Angst um Annuschka?

Pogorzelski: Weiß nicht, ob das Angst, wenn einen sieht, was kommt, und will helfen und kann nicht.

Wuta: Ist nichts zu helfen jetzt.

Pogorzelski: Richtigen Weg führen.

Wuta: Wie willst du führen?

Pogorzelski: Können ich nicht, aber können vielleicht...

Wuta: Wer können vielleicht?

Pogorzelski: Weib elendiger, fragt er immer dumm. Wagen zerbrechen kann er, Schlitten führen wollen er nicht.

Wuta: Viel schwerer.

Pogorzelski: Kaputtmachen immer leichter.

Wuta: War Spaß, dies Ernst.

Pogorzelski: Wenn können Spaß machen, können auch Ernst.

Wuta: Allein können nicht.

Pogorzelski: Warum nicht?

Wuta: Müssen helfen.

Pogorzelski: Wer müssen helfen?

Wuta: Du müssen helfen, Micha. Haben Pikoll Fischchen gebraten, wird er hören, wenn wir zusammen rufen.

Pogorzelski: Ich sollen helfen?

Wuta: Ist keinen anderen da.

Pogorzelski: Binnen ich Pfarrer.

Wuta: Mußt du beten.

Pogorzelski: Haben ich schon.

Wuta: Hat geholfen?

Pogorzelski: Wissen nicht, müssen warten.

Wuta: Dann warten.

Pogorzelski: Können nicht. Müssen helfen machen! Kommen immer näher. Weib elendiger, frißt Teufel Fliegen in Not, können Pfarrer anrufen Pikollos zu helfen anderen Leuten.

Wuta (halblaut): Brauchen Feuer.

Pogorzelski: Wollen machen. Gras trocken, suchen Holz unten.

(Liest einiges zusammen, Wuta hilft. Dann schlägt er Feuer, die Flamme glimmt auf an einer Stelle des Hügelabhangs, die vom Pfarrhaus aus nicht zu sehen ist. Das Feuer wird größer und leuchtet über den See.)

Wuta: Können sehen von Schlitten aus, wissen, wohin fahren.

Pogorzelski: Ist aber unten große Blänke, fahren hinein, wenn auf Feuer halten.

Wuta: Wenn Pikoll wollen, sie kommen an. Er führen im Feuer. Such Binsen, Micha, such Holz.

Pogorzelski (sammelt Zweige und Binsen, wirft sie ins Feuer): Rufen — rufen. Kommen immer näher. Verdammte Mond! Können nicht sehen, wie fahren. Wer können sitzen im Schlitten?

Wuta: Wissen ich nicht, ist egal, wollen rufen.

Sie stellt sich hinter das Feuer mit hoch erhobenen Armen, so daß sie von unten herauf hell angestrahlt ist. Laut: „Pikollos, Pikollos, Pikollos!"

Pogorzelski (halblaut, halb singend): Lamo kriweite, alja kriweite — Pikollos, Pikollos!

Wuta: Wollen dir bringen all unsere Fischchen.

Pogorzelski: Wollen dir opfern all unsere Kossen.

Wuta: Lamo kriweite, inteno, inteno.

Pogorzelski: Kaunas liegomai, kaunas liegomai.

Wuta (sinkt mit wunderlichen Tanzbewegungen in sich zusammen wie schluchzend): Pikollos, Pikollos, adonai, adonai!

Pogorzelski: Adonai ist hebräisch, verstehen er nicht.

Wuta: Nicht reden, rufen. Hier nicht Kanzel, hier Opfer. Hast du Opfer?

Pogorzelski: Was sollen opfern?

Wuta: Was du gern festhältst? Hastu?

Pogorzelski (besieht seine Hände): Haben nichts.

Wuta: Hastu Ring?

Pogorzelski: Nicht an Finger. Rufen, rufen! Muß hören, muß helfen.

Wuta: Hastu Kosse?

Pogorzelski (zögernd): Ist nicht hier. Brauchstu?

Wuta: Weiße Kosse Bestes für ihn. Gerne fressen.

Pogorzelski: Weißt, wo ist?

Wuta nickt.

Pogorzelski: Geh holen. Wenn aber nicht helfen...

Wuta: Helfen immer.

Sie läuft lautlos über den Hügel zum Pfarrhaus, aus dem jetzt mattes Licht fällt. Pogorzelski steht regungslos, sieht zum See. Während Wuta hinter dem Haus verschwunden ist, kommt Annuschka von rechts, bleibt stehen, sieht ebenfalls zum See und zum Mond, ohne Pogorzelski zu bemerken und ohne von ihm gesehen zu werden; zuletzt verschwindet sie im Haus.

Nach ein paar Augenblicken kommt Wuta mit einer kleinen, weißen Ziege zurück, hält sie Pogorzelski hin.

Pogorzelski: Können nicht, müssen du.

Wuta (lacht leise, man ahnt in der Dämmerung, wie sie dem Tier die Kehle durchschneidet, das Blut ins Feuer tropfen läßt, dann den Körper auf die Erde legt): Schwentas Kurko, Schwentas Pikollos, Dievas Pikollos, abgehle nus!

Pogorzelski (inbrünstig): Abgehle nus, abgehle nus!

Wuta: Kozzolek, Byll, Bardzo, tlusty — komudeß, komdoreddy!

Pogorzelski (mit aller Kraft seiner Seele): Komudeß komdoreddy!

Beide stehen da, ganz versenkt in ihre Beschwörung.

Pogorzelski: Siehst du große Blänke? Spiegelt Mond, fahren gerade hinein. Moj bosche! Müssen elendiglich...

Er steht vorgebeugt und starrt in die Ferne auf den glitzernden See. Wuta zupft Gras und läßt das Feuer wieder aufflackern.

Pogorzelski: Moj bosche — Wuta! Sehen!

Wuta: Was sehen?

Pogorzelski: Schlitten abbiegen — Blänke vorbei! Moj bosche kochanne!

Wuta: Hat geholfen Pikoll. Hat Schlitten geführt.

Pogorzelski: Machen Bogen herum. Kommen vorbei. Eis trägt sicher dort.

Wuta: Hat geholfen Pikoll, hat geführt.

Pogorzelski (sieht sie nachdenklich an): Mutter meiniges sagten, Kurko hilft.

Wuta: Helfen alle, zeigen, was können. Besser als beten.

Pogorzelski (starrt auf den See): Kommen hierher, vielleicht Feuer gesehen, vielleicht ...

Wuta: Vielleicht Zauber, vielleicht Pikollos. Wer sagt?

Pogorzelski: Matka boska. Menschlicher Lebben alles Zauber. Nicht mehr weit bis Land.

Man hört fernes Trappeln von Hufen, auf einmal Krachen, Rufen, einen Schrei, unklare Geräusche, alles ganz von weitem.

Pogorzelski: Pschakrew! Sind eingebrochen. Nicht geholfen verdammter Heidengötz. Schöne, kleine Koß!

Wuta: Hat gereicht für Blänke.

Pogorzelski: Was Blänke! Kossendreck! Aus mit Zauber. Jetzt selber helfen. Annuschka, Annuschka!

Wuta bleibt am Feuer, Pogorzelski stürzt davon zum Pfarrhaus, reißt die Türe auf.

Pogorzelski: Wo ist Strick, pschakrew!

Stürzt hinein, man hört ihn drinnen rumoren. Drygalski, Puttchen, Naujoks treten in die Tür.

Puttchen: Micha, was ist?

Pogorzelski: Keine Zeit, keine Zeit!

Naujoks: Herr Pfarrer Pogorzelski, wir haben mit Ihnen ...

Pogorzelski: Haben ich jetzt keine Zeit. Schlitten ersäuft, wo ist Strick verdammtes!

Drygalski: Fluchen Sie doch nicht so, Pogorzelski!

Pogorzelski: Lieber Herr Rat, gehen schneller, wenn fluchen. Da sein Strick – schiwo, schiwo!

Er stürzt mit dem Strickring über dem Arm aus der Tür, so daß Naujoks zur Seite gestoßen davontaumelt. Puttchen schreit, Drygalski folgt ihm langsam. Pogorzelski rennt auf den Hügel, legt die Hände an den Mund, schreit dröhnend in der Richtung hinter das Pfarrhaus: Baczko, Baczko, stürzt dann hügelab zum See und verschwindet links, den Strick hinter sich schleifend, in den Kulissen. Noch einmal hört man seinen Ruf: Baczko, Baczko! Dann eilt ein riesiger Schatten hinter dem Hügel hervor und folgt Pogorzelski mit dem Ruf: „Binnen ich da, Herr Pfarrer!"

Während des Ganzen steht Wuta hoch auf dem Hügel, vom sinkenden Feuer beleuchtet, und starrt auf den im Mondschein glänzenden See. Von weitem klingen Rufe, Männerstimmen, Wasserplantschen, Brechen von Eis.

Drygalski (langsam zum Hügel emporsteigend): Was ist passiert?

Wuta: Schlitten eingebrochen.

Drygalski: Was für ein Schlitten?

Puttchen: Muß der Schlitten sein, der von Lyck kam. Sah ich ihn von weitem, als die Sonne noch schien. Mein Gottchen, mein Gottchen, die armen Leute!

Pogorzelskis Stimme (von ferne): Komm her, Baczko.

Baczkos Stimme (ebenso): Bin da, Herr Pfarrer.

Naujoks: Da ist wenig zu machen.

Drygalski: Aber was zu machen ist, wird getan, dafür ist Pogorzelski da.

Puttchen: Achott, achott! Nu steht er all bis am Bauch im Wasser. Er wird sich 'n Tod holen bei der Kälte. Ich wer man gleich 'n Ziegelstein heiß machen. Annuschka, Annuschka!

(Rennt zurück ins Haus.)

Naujoks: Leichtsinn, so spät im Frühling noch über den See zu fahren.

Drygalski: Bei dem Umweg um den See ist man schon mal leichtsinnig, wenn man Eile hat.

Naujoks: Wer hat denn hier Eile?

Drygalski: Können Sie etwas erkennen?

Naujoks: Der Mond blendet.

Drygalski: Wenn einer helfen kann, ist's Pogorzelski.

Naujoks: Wenn der Herr ihm hilft.

Drygalski: Der hält es immer mit dem Starken. (Starrt angestrengt auf den See.) Er will den Strick zum Schlitten bringen und die Leute rüberziehen.

Pogorzelskis Stimme: Schneid die Stränge durch, schiwo, schiwo!

Lubrikats Stimme: Ich hab all. Mach schnell. Der Kasten versäuft.

Pogorzelskis Stimme: Binnen ich gleich da, paß auf. Werfen ich Strick. Los!

Lubrikats Stimme: Hab ich gefangen.

Pogorzelskis Stimme: Leg ums Vorderteil. Knüpp fest!

Lubrikats Stimme: Hab ich.

Pogorzelskis Stimme: Pferde weg!

Lubrikats Stimme: Sind all weg!

Pogorzelskis Stimme: Los, Baczko!

Stille, man hört Wasser plantschen, Schollen krachen. Reiben. Dann und wann einen kurzen Fluch. Stöhnen.

Pogorzelskis Stimme: Geht nicht. Bind den Strick los. Einzeln holen. Wieviel sind?

Lubrikats Stimme: Man zwei.

Pogorzelskis Stimme: Mädchen?

Lubrikats Stimme: Nei. Man zwei Männer.

Pogorzelskis Stimme (lauter, fröhlicher): Denn wollen holen. Weg,

Baczko! Machen allein. Binden beide fest, Strick um Bauch. Festhalten. Fertig!

Lubrikats Stimme: Augenblickchen — so — nu man los!

Wasserplantschen, Schollenkrachen, Reiben, Stöhnen — zuletzt taucht Pogorzelski naß, den Strick um Schulter und Arme geschlungen aus der Kulisse, gefolgt von dem vorsichtig ziehenden Baczko.

Wuta (auf der Höhe mit erhobenen Armen): Micha, Micha!

Pogorzelski (bleibt tiefaufatmend stehen, blickt zurück): Hat gereicht. Wo sind Pferde?

Lubrikats Stimme: Die bring ich all. Erst muß man der Herr raus.

Pogorzelski: Bring dem Herrn her; Puttchen soll Kaffee machen. Weib elendiger — und heißen Ziegelstein auf Bauch!

Drygalski: Gott sei Dank, es scheint ihm nichts geschadt zu haben. Kommen Sie rasch ins Haus, Pogorzelski.

Pogorzelski: Erst Männer an Land, erst fertig machen.

Lubrikat (kommt triefend mit den Gäulen): Pferde in Ordnung, Exzellenz.

Pogorzelski: Exzellenz? Was für Exzellenz?

Lubrikat: Der Herr General von Lossow aus Königsberg.

Pogorzelski (schlägt ein dröhnendes Lachen an): Herr Generalchen, Herr Generalchen! Hatten ich gewußt, Sie sitzen im Schlitten, hatten ich doch gezogen bis an Haus. Kommen in Haus, zu naß hier draußen.

Lossow kommt aus der Kulisse.

Drygalski: Ja, Herr von Lossow, um Gottes willen!

Lossow: Es scheint mein Schicksal zu sein, daß immer, wenn ich Pech habe, der Rektor Pogorzelski in der Nähe ist, um mich aus dem Dreck zu holen. — Sieh da, der Herr Pfarrer Naujoks! Lauter alte Bekannte.

Pogorzelski: Kommen ins Haus, Herr Generalchen, zu kalt, können Schnupfen kriegen. Ist erst März.

Lossow: Sie sind nicht trockener als ich, mein Lieber.

Pogorzelski: Wird einen warm von Ziehen — was, Baczko?

Baczko grinst und klappert mit den Zähnen.

Pogorzelski: Marsch nach Haus, in Bett, Baczko. Hastu gut gemacht. (Reicht ihm die Hand.)

Baczko: Och, Herr Pfarrer!

Lossow: Ich habe Ihnen noch gar nicht gedankt. (Streckt Pogorzelski die Hand hin.)

Pogorzelski: Geben Baczko Hand, Herr Generalchen, sind wir ihm schuldig.

Lossow: Ich bin sehr für Bescheidenheit, Pogorzelski, aber ich möchte Ihren Anteil an der Beförderung aufs Trockene doch nicht ganz unterschlagen sehen.

Pogorzelski (sich durch Überschlagen der Arme die Hände wärmend): Gutt, gutt, ist sich aber doch recht.

Lossow: Warum?

Pogorzelski: Haben ich Ihnen gesagt in Königsberg, Herr Generalchen. In Kutten waren Rad kaputt an Wagen Ihriges. Haben ich ganz gemacht mit Nagel und Feuer von Rogalski armes, hat sechs Kinder. Haben mich lassen bedanken und sagen: Guten Christ, guten Nächsten, guten Pogorzelski! Rogalski nichts bekommen. Rogalski nicht hier. Baczko auch Schmied: Geben ihm, was ich nehmen für Rogalski.

Drygalski: Diesmal haben Sie aber nur auf Ihre Kosten geholfen, Sie christlichster Pfarrer. Ich beneide Sie nicht, Herr Kollega Naujoks –

Pogorzelski: Herr Rat hätten auch getan.

Drygalski: In meinem Alter hätte ich am Strick nicht mehr viel ausgerichtet.

Pogorzelski: Hätten, hätten! Aber kommen ins Haus. Wärmen drinnen. Kriegen Schnaps und Kaffee. Können trocknen.

Naujoks (stößt an die weiße Ziege am Feuer): Der Festbraten liegt auch schon hier.

Drygalski: Eine tote Ziege.

Pogorzelski (nimmt das Tier auf): Kleine Opfer – arme kleine Tier!

Drygalski: Wieso Opfer?

Pogorzelski (nach kurzer Pause): Haben ich versucht, mit Opfer und Zauber Schlitten holen.

Drygalski: Pogorzelski!

Pogorzelski: Wer kann wissen? Ist sich Frühling, ist sich Vollmond, haben gerufen alte Gott Pikollos, hat geholfen an große Blänke bis zuletzt.

Drygalski: Alter Heide!

Naujoks: Da sehen Sie es. Wer ist die Frau?

Lossow: Kommt mir so bekannt vor.

Pogorzelski: Sagen mir Heide. Binnen ich vielleicht. Wenn klein, alle Heiden – wissen nicht von lieben Gott. Wenn jung, Sommer und Wasser und Marjellens in Wald, wenn Beeren reif – wieder Heide: kommen Welt, verzaubern ihn. Christ wird ganz spät, wenn viel gelernt – sehr schwer, sehr schwer.

Naujoks: Das sagt ein Geistlicher, Herr von Drygalski.

Drygalski: Wenn nur alle Geistlichen so ehrlich wären. Aber diesmal haben Sie unrecht, Pogorzelski: Sie sind Christ nicht erst ganz spät, sondern schon jetzt geworden. Wer sein Leben hingibt für seine Brüder...

Pogorzelski: Haben ich mein Leben nicht hingegeben für meine Brüder — haben ich geglaubt, Annuschka in Schlitten. Darum Opfer, darum so gerannt, nicht um Brüder.

Lossow: Also mich hätten Sie ersaufen lassen.

Pogorzelski (lacht): Herr Generalchen, wenn ich hatten gewußt, Sie in Schlitten, nicht bloß geholt nasse Hosen, auch gern nasse Jacke.

Lossow: Und wenn da irgendein wildfremder Kerl gesessen hätte?

Pogorzelski: Vielleicht hätten ich bloß geholt nasse Hosen.

Drygalski: Der Pfarrer Pogorzelski hat es nicht gern, wenn man ihn preist — lassen wir ihn.

Lossow: Das verstehe ich; er hat kalte Beine und ich auch, ein Schnaps ist eine herrliche Vorstellung. Also gehen wir ins Haus, feiern wir den wunderbaren Fischzug des Herrn Pfarrers von Pissanitzen mit einem kräftigen Trunk — Herr Baczko kriegt auch einen.

Pogorzelski: Ist recht, Herr Generalchen, ist sehr recht. Wuta, bringen kleines Tier in Küche. Marjell soll abziehen, braten, Wasser machen. Hungrig. Kommen alle, Puttchen kocht Kaffee, Annuschka backt Flinsen. Sind alle wieder lebendig auf Welt. Wollen wir danken Gott und singen schönnes Lied: Freut euch des Lebens!

Er singt mit lauter Stimme vor, die andern fallen ein: der Zug bewegt sich langsam auf das Pfarrhaus zu. Plötzlich bleibt Pogorzelski stehen, faßt sich mit der Rechten an den Hals, den Strick, den er in der Linken mitschleift, läßt er fallen und verstummt. Die andern starren ihn erschrocken an.

Pogorzelski: Lieber Herr Pfarrer Drygalski, haben ich nicht bloß nasse Hosen, binnen ich doch vielleicht geworden — Christ...

Er bricht zusammen, sitzt an der Erde, neigt sich, die Linke auf dem Herzen, zur Seite, streckt sich.

Drygalski: Er hat sich überanstrengt. Wir müssen ihn rasch ins Haus...

Lossow (kniet neben Pogorzelski nieder, legt das Ohr auf sein Herz, hebt den Kopf): Wir brauchen uns nicht mehr zu beeilen. Das Herz steht still — die Anstrengung war zu groß.

Baczko weint.

Lossow: Lubrikat!

Lubrikat: Herr General!

Lossow: Wir beide werden ihn hineintragen — uns galt zum zweitenmal und diesmal sein ganzer Einsatz.

Drygalski: Lieber Pogorzelski...

Naujoks faßt stumm in die Tasche und reicht Drygalski den Brief des Konsistoriums.

Drygalski: Danken Sie Ihrem Schöpfer, daß er Sie davor bewahrt hat, diesen Brief an den Adressaten abzuliefern.

Naujoks: Er hat gesiegt, ich bin geschlagen. Sie haben recht behalten. Ich kann nur sagen: Herr, vergib mir, ich konnte nicht wissen, was ich tat.

Drygalski: Das konnten Sie wirklich nicht. Es trifft Sie auch keinerlei Schuld.

Naujoks sieht ihn fragend an.

Drygalski: Die Hand Gottes war über ihm. Er ließ ihn das wunderbare Spiel seines Zaubers treiben, mit aller Herrlichkeit des Lebens, das wir längst verloren haben.

Naujoks: Muß das Leben nicht erst gewonnen werden?

Drygalski: Wer da hat, dem wird gegeben; wer nicht hat, dem wird genommen. Ihm wurde gegeben, weil seine Seele mit den Lauten eines Kindes ihren Reichtum gab, wie er aus Gottes Hand gekommen war. Die Musik der Welt war in ihm, gerade weil er sich die Noten auf eigene Faust schaffen mußte. Er war Gottes letzter Zauberer — und Sie waren sein letzter Sieg.

Naujoks: Herr von Drygalski, ich ...

Drygalski: Jeder hat nur seinen Weg. Lieber Micha Pogorzelski, (er faßt die Hand des Toten) ich hatte gehofft, du würdest mir einmal den letzten Gang mit allem Glanz deines wunderbaren heißen Herzens leicht machen, nun stehe ich hier und nehme Abschied von dir — zum letztenmal umstrahlt von Gottes Zauber, den er durch dich in die verdunkelte Welt sandte —, zum letztenmal berührt vom ganzen Leben. Schlaf wohl!

Lossow und Lubrikat haben inzwischen die Arme Pogorzelskis um ihren Nacken gelegt, so daß er halb gehend zwischen ihnen pendelt, und wandern langsam dem Hause zu. Drygalski und Naujoks folgen. Als letzter geht der weinende Baczko bis zur Haustür mit, um dann wie ein Schatten zu verschwinden.

Auf dem Hügel bleibt verlassen Wuta stehen über dem immer noch brennenden Feuer, das weiße Zicklein in der Hand. Sie starrt mondbeschienen auf den See hinaus. Plötzlich läßt sie das Tier fallen, wirft die Arme empor und bricht mit dem schluchzenden Schrei „Micha, Micha!“ in sich zusammen.

Vorhang

Leben und Wirken des „Zauberers Gottes“

Geschichtliche Tatsachen über Michael Pogorzelski

Das Leben und Wirken dieses Mannes hat sich an zwei Enden des Preußenlandes vollzogen, an der östlichsten Grenze des Deutschen Reiches zwischen Ragnit, Angerburg und Kr. Lyck, andererseits auch in der Landeshauptstadt Altpreußens, in Königsberg. Immerhin war Pogorzelski 18 Jahre seines Lebens dort als Schüler und Student zu Lebzeiten des größten Ostpreußen Immanuel Kant. Es waren Michaels entscheidende Bildungs- und Reifejahre. 40 000 Menschen zählte die Stadt am Pregel — noch einmal soviel als es damals in Kölln/Berlin waren. Große Handelsherren, Engländer, Schotten, gebildete Offiziere, wie die Grafen Lehndorff und Kalckreuth, die hochgebildete Gräfin Keyserling, Schiffe aus aller Welt im Hafen, und auf der Kneiphofinsel am ehrwürdigen Dom die Albertus-Universität.

Michael Pogorzelski ist am 4. 9. 1737 in Lepacken, Kreis Lyck, geboren.

Es gab viele Pogorzelski's in Masuren. Aus dem 16. Jahrhundert sind etwa 20 Familien bekannt. Man sollte dabei zuerst Nicolaus und Salomon („Bogarselsky“) nennen; ob sie in Pogorzellen oder im nahen Drygallen saßen, ist nicht klar ersichtlich; jedenfalls war Nicolaus um 1540 Kirchenvater in Drygallen. Neben diesen werden noch Adam und Joseph genannt; 1539 lebte in Johannisburg der vermögende Krüger Bartel Pogorzelski. Ein Paul findet sich in Dutken, Woitek in Grodzisken, Steffen in Gutschen, Lucas in Seligken. 1528 gehörte ein Pogorzelski zu den Freibauern in Mertensheim. Zur Ordenszeit war unter dem letzten Hochmeister im Amt Rhein Raphael Pogorzelski tätig, der dann in Lyck Küster wurde. Er hat den Herzog um Land gebeten, der ihm auch in Anerkennung seiner Dienste Land verlieh; neben ihm wohnte in Lyck sein Bruder Barthel. Wenn schon mindestens zwei der genannten Pogorzelski's im Leben der Kirchengemeinde Bedeutung hatten, so verwundert es nicht, daß vier Glieder dieser weit verbreiteten Familie Pfarrer geworden sind, Petrus 1553 in Aweiden, Hieronymus 1584 in Neu-Jucha, Nikodemus 1591 in Angerburg und schließlich Johann Pogorzelski 1620 in Wielitzken. Wie bodenständig die Pogorzelski's waren, sieht man auch daraus, daß im *„Einwohneradreßbuch* *der Stadt und des Kreises Lyck*" von 1938 insgesamt 16 Pogorzelski's genannt werden, von denen die Hälfte Landwirte waren.

Der erste Lepacker Pogorzelski, Jacob, erwarb am 2. 2. 1663 einen Hof mit 28½ Morgen. 1694 wurde der schöne Hof in Lepacken, der nunmehr 1 Hufe und 26½ Morgen, also ca. 90 Morgen groß war, zwischen Andreas und Albrecht geteilt. Albrecht war der Vater von Michael Pogorzelski, seine Frau Marie Dolenga stammte aus Sdunken, wo die Dolengas, auch eine wappenführende Familie, seit 1540 dort ansässig, bis 1945 ihre Höfe hatten.

Michael Pogorzelski ist am 4. September 1737 in Lepacken als Nachkömmling geboren. Er hatte wenigstens zwei bedeutend ältere Brüder, die die Landwirtschaft übernahmen. Vermutlich ist auch jener Bäckerlehrling, der nach Königsberg in die Lehre gegeben wurde und nun vom Amtshauptmann auf Veranlassung des erzürnten Meisters in Lepacken gesucht wurde, ein Bruder Michaels. Getauft ist Michael wohl von dem alten Pfarrer Gregorowius. Er besuchte die kleine Dorfschule in Moldzien. Er wuchs als Bauernjunge auf, hütete die Gänse und verrichtete auch schwere Landarbeit. Er sah bereits in früher Jugend, daß er hier keine Zukunft haben würde. So entschied er sich nach dem frühen Tode des Vaters für die Theologie.

Mit 16½ Jahren wurde er aber Schüler des Altstädtischen Gymnasiums in Königsberg. Der Siebenjährige Krieg (1756—1763) erschwerte seine Lage. Erst nach acht Jahren wagte er den Schritt zur Universität. In dieser Zeit hat er sich nur durch Unterrichten jüngerer Leute über Wasser gehalten. Michael Pogorzelski schreibt über seine Schul- und Studentenzeit

> *„Nach dem Tode meines Vaters begab ich mich (17jährig) aus innerlichem Antrieb nach Königsberg; zuerst war ich bei den Studenten auf dem Collegio Albertino, allwo ich viel Not ausstehen mußte; hernach kam ich in das altstädtische Pauperhaus und 1761 que civile Academ. inscribiret..."*

Der Dekan Friedrich Sam. Bock inscribierte ihn am 25. August 1761 nach einigem Zögern. Aber Michael dankte es ihm. Als Bock nämlich seine fünfbändige Naturgeschichte Preußens herausgab, gehörte Michael Pogorzelski zu den Subscribenten. Wenige Wochen vor ihm inscribierte sich J. G. Herder. Michael nahm kaum Notiz davon. Dabei hatten sich zunächst nur zehn junge Studenten immatrikuliert (fünf aus Preußen); im September 1761 waren es vier; wenn aber 1763 an ein- und demselben Tag fünf Abiturienten „ex schola cathedrali“ zur Universität kamen, davon vier aus dem Lycker Bezirk, denen im Mai Dan. Sam. Gregorowius aus Grabnick und G. Buchholz aus Goldap folgten, an einem weiteren Tag danach drei junge Leute aus Arys, Lyck und Drygallen immatrikuliert wurden, dann muß auffallen, daß Michael zurückhaltend oder sogar menschenscheu war, eine Folge der sehr harten Lehrzeit, die er in Königsberg hatte durchmachen müssen.

Michael Pogorzelski hat nach sechs Jahren, also nach 12 Semestern sein Studium absolviert. Aus seinen Jahrgängen haben von 100 „Candidaten“ 26, also ein gutes Viertel, sechs Jahre studiert, 17 gingen bereits nach fünf Jahren von der Universität in den Beruf, elf brauchten acht Jahre, fünf saßen neun Jahre bei der „alma mater“ und drei sogar zehn Jahre. Immerhin war Michael inzwischen 31 Jahre alt geworden. Er entbehrte mehr denn je eines gewissen Schwunges, suchte offenbar aber direkt den Präsidenten des Konsistoriums, Etatsminister L. L. v. d. Gröben auf, und kam im Januar 1769 als „Schulkollege und Organist“ nach Ragnit. Hier war zwar D. G. Fiedler Erzpriester, der mit der Schwester des Stradauner Pfarrers Drigalski verheiratet war. Ragnit hatte auch eben eine neue schöne Orgel erhalten, aber Michael ging es so wie seinem Bäcker-Bruder in Königsberg.

Bereits nach drei Jahren, am 28. April 1772, wandte er sich erneut an Freiherrn von der Gröben und schrieb diesem mit dem Mut der Verzweiflung, er habe *„bereits drei Jahre in seinem kummervollen Dienste, den ich dero Befehl 1769 angenommen, zugebracht“*. Er bat um die vacant gewordene Rectorenstelle in Kutten.

Sein Schreiben ist ebenso wie seine sonstigen Eingaben und Berichte in fehlerfreiem Deutsch und amtlich üblichem Stil abgefaßt und mit vollem Namenszug unterzeichnet. Tatsächlich greift hier Gröben ein. Obwohl das Justizkollegium in Angerburg Joh. Fr. Terpitz für Kutten vorgeschlagen hatte, wird die Entscheidung nunmehr zugunsten von Michael Pogorzelski in die Wege geleitet. Das Konsistorium gibt am 23. Mai 1772 sein „Testimonium“; mit 35 Jahren wird Pogorzelski „Rector“ in Kutten.

Hier konnte er sich nun entfalten. Die Zusammenarbeit mit Pfarrer Jac. Segrowski war offenbar gut. Die Gemeinde freute sich über den neuen Rector. Aber Pogorzelski wollte mehr. Er wollte selbst Pfarrer werden. Als Pfarrer Segrowski 1776 starb, wandte sich die Gemeinde sechs Tage nach dem Tode ihres Pfarrers ohne Wissen von Pogorzelski an den König, ihr Rector habe sich das Vertrauen und die Liebe der Gemeinde erworben; man bat, ihm die Pfarrei zu geben. Berlin forderte nach einigem Hin und Her Königsberg bereits am 9. 1. 1777 auf, alles Erforderliche zu veranlassen. Die Regierung ließ sich Zeit und fragte erst nach vier Wochen beim Konsistorium an. Die Antwort war niederschmetternd: Pogorzelski habe zwar jederzeit einen guten Wandel geführt, seine theologische Erkenntnis aber sei gering und zum Predigtamt nicht hinlänglich. Es wirkte sich aus, daß er *„Armut wegen wenig auf der Academie studieren und die Collegia nicht gehörig abwarten können und sich nur durch den Unterricht der Jugend seinen nötigsten Unterhalt schaffen müssen“*. Nach seiner Neigung bat er nur noch um eine Versetzung „an ein Präcentorat in Litthauen“. Es war also von hier aus gesehen kein Unrecht, daß er in Ragnit hatte anfangen müssen. Das Sprachenproblem bestand nicht, was uns heute verwunderlich erscheinen möge. Pogorzelski beherrschte alle drei Sprachen, die im östlichen Preußen gängig waren, also Deutsch, Litauisch und Masurisch/Polnisch.

Dem herzlosen Gutachten des Königsberger Konsistoriums folgten weitere kränkende Ereignisse. Durch einen Irrtum der Behörde war ein Schreiben irregeleitet, in umständlicher Weise wurde Pogorzelski aufgefordert, die zusätzlichen Stempelgelder, die entstanden waren, zu erstatten. Andererseits wurden ihm die Gebühren versagt, die er für die Vertretung der vakanten Pfarrstelle zu erhalten hatte. Es ist daher nicht verwunderlich, wenn er nun ein Angebot, das ihm Freiherr von der Gröben machte, fast heftig abwies: ihm sei das Präcentorat in Bilderweitschen zugewiesen, diese Stelle, schreibt er, sei ihm unbekannt, er wisse nicht, ob sie eine Verbesserung bedeute, und da er schon zehn Jahre in kargen Brotstellen gearbeitet habe, wolle er sich nicht verschlechtern, er unterwerfe sich aber *„Ihro Exellenz hohen Väterlichen Vorsorge“*.

Wie Paul Fechter in seinem Bühnenstück darstellt, ist es durchaus denkbar, daß der bekannte Daniel Friedrich von Lossow, Chef des Bosniaken-Korps und der Schwarzen Husaren mit Sitz in Lyck und Goldap, anläßlich eines Besuches seines Gutes Kleszowen durch Kutten gekommen ist. Kleszowen, mehr als 200 Jahre im Besitz der von Ostau, hatte 1765 Sophie Eleonore von Zedmar, die Gattin Lossows und eine Tochter von Jac. Theodor von Zedmar auf Szedlisken erworben. Das Gut liebten Lossows sehr. Hier sind sie auch bestattet. Der Weg über Kutten ist durchaus möglich. Und so wird dann erzählt, daß Michael Pogorzelski den Wagen repariert, der vor dem Dorf einen Unfall erleidet. Der General kehrt bei ihm ein und aus dieser Begegnung erwächst eine Bekanntschaft, in deren Verlauf der General dem Rektor eine Pfarrstelle verschafft. So will es die Legende. Wenden wir uns wieder den Tatsachen zu:

Pogorzelski wirkte nach wie vor als Rektor in Kutten. Die Pfarrstelle war 1777 dem Kruglanker Diakon Jacob Gutowski gegeben, der seit 1756 hier saß. Vorher seit 1748 war er Rektor in Kruglanken, davor Schulmeister in Johannisburg, wo er Ärger wegen seiner Einkünfte hatte. Er war verheiratet und hatte drei Kinder. Der Sohn studierte, die Töchter waren noch daheim. Da starb Pfarrer Gutowski im Jahre 1780. Pogorzelski bewarb sich erneut um die nun wieder vakante und so liebe und bestens vertraute Pfarrstelle. Seine Berufung hätte die Gemeinde begrüßt, zumal ihr dieses wegen der Versorgung der Pfarrwitwe und ihrer Familie genützt hätte. Aber aus unbekannten Gründen berief das Konsistorium Pfarrer Fr. Ludwig Boretius aus Kallinowen nach Kutten, der älter als Michael war und bereits nach fünf Jahren starb. Pogorzelski wurde nunmehr Pfarrer in Kallinowen, wo der dortige Kaplan Joh. Christ. Sackersdorf vermutlich auf die erste Pfarrstelle gewartet hatte. Das war für Michael keine Belastung. Doch dieses Mal hatte die Fakultät die „Zustimmung nicht versagen wollen". *„Am 4. 8. 1780",* berichtet der Oberhofprediger Schultz, *„die Ordination für Kallinowen sei vollzogen, am 5. 9. habe die Introduktion durch den Lycker Erzpriester Tim. Gisevius d. J. stattgefunden".*

Pogorzelski war 43 Jahre alt, als er Pfarrer wurde. Von 100 Theologen waren damals 12 mit 40 Jahren ins Amt gekommen, vier hatten ein Alter von 44 Jahren, zwei 38 Jahre, aber auch einer mit 61 Jahren. Im Durchschnitt war Pogorzelski ein verhältnismäßig junger Pfarrer; vielleicht wäre er schon eher ins Pfarramt gekommen, wenn er nicht resigniert und neben Kutten auch andere Stellen ins Auge gefaßt hätte. Man hat fast den Eindruck, daß er sich scheute, neben anderen Bewerbern anzutreten. Dabei war es durchaus normal, daß sich viele um eine gute Pfründe bemühten, und zwar vom einfachen Studenten über den Schulmeister, den Rektor oder Kantor bis hin zu dem Pfarrer, der die Stelle wechseln wollte. Hierbei sprach die Zahl der freien Stellen natürlich auch mit, die bald stieg, bald fiel. So bewarben sich 1764 um die Diakonstelle in Sehesten zwölf Männer, meist amtierende Rektoren, darunter auch der Prorektor der Lycker Fürstenschule B. Flöß; und 1782 meldeten sich für Sensburg acht Männer, darunter drei Pfarrer, unter diesen Joh. Chr. Groß aus Klaussen; es kam keiner von ihnen auf diesen Posten, die Gemeinde setzte ihren Kandidaten, den Adjunkt J. Th. Stern aus Nikolaiken durch.

Der wohlbestallte Pfarrer Pogorzelski richtete sich nun in Kallinowen ein, das als „Grenzdorf zum polnischen Großherzogtum Litauen" bezeichnet wird. Die Beziehung auch rein menschlicher Art von hüben nach drüben waren sehr stark. Von der Witwe des Diakons J. Drygalski wird berichtet, sie wäre „nach Groß-Polen" gezogen; nach einiger Zeit findet sie sich in Kallinowen wieder ein. Die Bauern haben teilweise Ärger jenseits der Landesgrenze. Zu den Jahrmärkten brachten die Polen Vieh und Pferde, besonders gern auch Schafböcke sowie Artikel, die sie aus Holz gearbeitet hatten. Über die Struktur des Dorfes sind wir gut unterrichtet; es gab am 3. 7. 1780 drei kölmische Schulzen, vier Erbfreie und 13 Scharwerksbauern, drei Erbkrüger, drei Eigenkätner, zwei Prediger, eine Predigerwitwe, einen Rektor, sieben Einlieger, dabei einen Glöckner, fünf Hospitaliten und einen Hirt. Pfarrer Boretius zahlte für fünf Köpfe Priestergesinde, sein Nachfolger Pogorzelski für vier, später nur für drei, da er zusätzliche Hilfskräfte in der eigenen Familie hatte.

Pogorzelski heiratete mit 43 Jahren die 22 Jahre jüngere Rahel Gutowski. Bei den schlichten Versen, die Michael in das von ihm angelegte Traubuch schrieb, klingen zweifellos die Gefühle und Überlegungen an, die ihn bewegten, als er selbst, ein reifer Mann, geheiratet hat. Diese Verse sind von ihm zunächst in Deutsch verzeichnet, daneben aber auch in dem polnisch-masurischen Dialekt; sie stellen nicht eine wortwörtliche Übersetzung dar, sondern weisen ein Zeichen dafür, wie sehr Pogorzelski in beiden Sprachen zuhause war.

Es handelt sich im Trauregister um drei kleine Stücke:

„Wenn du dich bindest, prüfe doch;
wenn du schon eilst, bedenke noch:
Ist auch die rechte Liebe da?
Ist sie's, so sprich von Herzen ‚Ja'.

Hab, mein Herr, mich dir verbunden
und mir Deine Gnade funden;
will in diesem Bunde bleiben,
dem mich ewig einverleiben.

Zuvor gethan, hernach bedacht,
hat mancher viel davon geklagt.
Drum eile nicht, erwäge doch,
wenn du schon gehst, so sinne noch,
Ist auch die reine Liebe da?
Ist das, so sag mit Freude ja!"

In diesen Reimen spiegelt sich alles wider, wie sehr und wie lange Pogorzelski selbst sich geprüft hat, wie er alles bedachte und erwog, wie er immer noch fragte und schließlich mit Freude sein Ja sagte. Er holte nicht nur aus Kutten seine Frau; es kam auch die Pfarrwitwe Gutowski und die jüngere Schwester Esther Gutowski und später, nach dem Tod des Rektors der Bruder als sein Nachfolger, und da die Schwester Esther später den Nachfolger des verstorbenen Kaplans Sackersdorf, den jungen Diakon J. K. J. von Bergen, heiratete, kam es dahin, daß in beiden Pfarrhäusern die Frauen vom Hause Gutowski waren, und daß im Rektorat eben auch ein Gutowski saß. Jedoch sollte diese ungestörte Zeit nicht lange dauern.

Bei Pogorzelski's wurden fünf Kinder geboren, drei Söhne und zwei Töchter. Die beiden Jüngsten, ein Sohn und eine Tochter, starben bald nach der Geburt; einige Wochen später folgte Rahel, eben erst 33½ Jahre alt. Der Witwer war immerhin 55 Jahre alt, die beiden Söhne elf bzw. zehn Jahre, die kleine Tochter acht.

Nur gut, daß die Großmutter Gutowski im Pfarrhaus war, und daß die Geschwister der Verstorbenen ein paar Häuser weiter lebten. Benjamin Michael war am 26. 10. 1781 geboren, Karl Michael am 26. 10. 1782, Johanna Maria am 13. 6. 1784, die anderen beiden früh verstorbenen Kinder 1787 und 1791. Bei dem erstgeborenen Sohn wurden Amtspersonen und Nachbarn Paten, der Pfarrer Trojan aus Pissanitzen, über den der Erzpriester wiederholt klagte, der würdige Rektor Prange aus Kallinowen und Frau Diakonin Dor. Sackersdorf. Bei dem zweiten Sohn ist Christian Friedrich Philipp von Lossow, ein entfernter Verwandter des Generals, Kammerherr und Besitzer von Kowalken, Kreis Goldap, Pate.

Trotz des jungen Glücks, das zunächst so ungewohnt in das Pfarrhaus eingekehrt war, fehlte es an vielem, vor allem im Blick auf menschlich-gesellige Verbindungen. Als am 30. 6. 1785 Pfarrer Boretius in Kutten starb, wurde die Nachricht natürlich in Kallinowen schnell bekannt. Für Pogorzelski — und seine Frau war zweifellos mit ihrem Mann einig — bot sich die Möglichkeit zu einer Rückkehr und zu einer Erfüllung. Am 8. 7. 1785 schrieb Michael Pogorzelski in seiner großen flüssigen Schrift an den König, wieder in Deutsch und bat um seine Versetzung nach Kutten. Er gestand dabei, sicher etwas unklug, daß *„ich sonsten allen denen unausweichlichen Zwistigkeiten mit meinen Collegen zu entgehen nicht im Stande bin"*. Es hatten sich sieben Bewerber gemeldet. Der Diakon Schultze aus Arys kam nach Kutten. Auf Pogorzelskis Antrag wurde aber fast ärgerlich kurzerhand „ad acta" vermerkt. Es blieb alles beim alten.

Pogorzelski baute nunmehr seine Positionen in Kallinowen entschlossen aus. Eben jetzt wurde das Rektorat in Kallinowen frei. J. J. Gutowski war, vermutlich durch Vermittlung von Pogorzelski, Hauslehrer in Czymochen geworden. Jetzt wird er Rektor in Kallinowen. Vier Jahre später zieht die junge Ester in das Haus des neuen Diakons von Bergen ein. Indessen sollte das alles nur von kurzer Dauer sein. Es ist sicher, daß eine gewisse Isoliertheit bleibt. Auch der Lycker Erzpriester Gisevius scheint Pogorzelski nicht besonders zu schätzen. Für die Zeit von 1705—1799 sind dessen Briefe an den späteren Erzbischof von Preußen, L. E. Borowski, erhalten. Gisevius äußert sich hier über viele Pfarrer im Kreis oft kritisch. Pogorzelski ist nicht genannt. Lediglich vom Begräbnis von Pfarrer Faber, Wielitzken, berichtet er, daß die beiden Prediger von Kallinowen teilgenommen hätten.

Die Legende erzählt, daß unser Pfarrer im Winter 1797/98 hörte, daß auf dem Skomant-See bei brüchigem Eis Menschen in Lebensgefahr geraten waren. Menschen und Pferde schienen unrettbar verloren. Da eilte er zum See, ließ sich ein Seil um den Leib schnüren und betrat das Eis. Und seiner Kraft gelang es nach furchtbaren Anstrengungen, Menschen und Pferde zu retten. — Ein paar Wochen hat Michael noch mit kranker Niere und Lunge gelebt. Dann waren seine Kräfte aufgezehrt. Er starb am 29. April 1798, Beispiel und Vorbild bis in den Tod.

Michael Pogorzelski ist einer von vieltausend ostpreußischen Dorflehrern und Dorfpfarrern, die zumeist auch so dachten, lebten und zupackten, Originale, Zauberer in vielen Künsten.

Zur Amtstätigkeit Pogorzelskis ist zu sagen, daß er bei den verhältnismäßig geringen Einkünften seiner Stelle gut wirtschaften mußte. Aber das verstand er, und das zeigte sich in seiner Verwaltung. Er verhinderte, daß der Kirche das Hospital genommen wurde, sorgte für die Renovierung der Kirche, erreichte einen Neubau der Widdem (des Pfarrgebäudes), des Rektorats und auch des Hospitals — eine ungewöhnliche Leistung. Als die Pächter der Schulhufen in Millewen entschädigungslos umgesetzt werden sollten, wandte er sich unmitttelbar an den König. Diese Eingabe vom 8. 5. 1792 zeigte eine saubere und gepflegte Schrift in deutscher Sprache und einen gewandten Stil.

Pogorzelskis Hauptverdienst lag in der Sorge um das Schulwesen. Er sorgte für eine Vermehrung der Schulen, um die Schulwege abzukürzen und die Lehrer zu entlasten. Er hielt regelmäßig Lehrerkonferenzen ab und wußte über „seine“ Schulmeister Bescheid. Für Marczynowen liegen aus den Jahren 1792 und 1793 präzise geführte Schullisten vor: von 21 Knaben können zwölf gut lesen, schreiben und rechnen, von den zwölf Mädchen acht. Im Oktober 1792 fanden vier Konferenzen statt, im November drei. Es werden Versäumnisse geführt, Pogorzelski fordert die Schulen auf, die Strafgelder zu erheben und ersucht das Lycker Amt um Hilfe. Der Erfolg ist freilich gering. Einige Schulmeister gehen aus ihrer Arbeit und Stelle. Jedoch ist der Erzpriester, der für das Schulwesen besonders viel übrig hatte, bei der Visitation in Kallinowen des Lobes voll.

In Kallinowen befindet sich neben der Kirche nahe der Sakristei das Grab von Michael Pogorzelski. Bei dem Neubau der Kirche nach dem 1. Weltkrieg blieb es unberührt. Es dürfte auch heute noch erhalten sein, eine Erinnerung an einen treuen, masurischen Pfarrer.

(gekürzt nach H. Walsdorff: Michael Pogorzelski, Pfarrer in Kallinowen; in: Der Kreis Lyck, ein ostpreußisches Heimatbuch, Leer 1981)

Anhang

Das Bild auf **Seite 122** gibt das Schreiben Pogorzelskis wieder, mit dem er sich am 28. April 1772 an den Freiherrn von der Gröben wandte und um die vakant gewordene Rektorenstelle in Kutten bat. (Abbildung aus: Der Kreis Lyck von R. Weber)

Die Bilder auf den **Seiten 123 bis 127** zeigen skizzierte Entwürfe, nach denen Hanns Gröninger 1959 die Bühnenbilder für die Aufführungen in Berlin schuf. Vergleiche dazu auch das Plakat auf Seite 2 dieses Buches. (Die Fotos stellte uns freundlicherweise Bernhard Heister, Berlin, zur Verfügung.)

praes. d. 8 May 72.

Hochwohlgebohrner Herr,

Hochgebietender Herr, Würcklich Geheimer Etats und Kriegs Minister, auch Ober=Marschall und Consistorial Praesident!

requiratur testimonium facultatis von dem Pogorzelsky gründlichst et nach Kutten gesetzt

Ew. Excellenz geruhen in Gnaden, ein geneigtes Gehör meiner Bitte zu verstatten. Ich habe bereits 3 Jahre in meinem Kümmerlichen Collegen=Dienste, den ich auf Ihren Befehl anno 1769 angenommen zugebracht, in welchem ich sehr schlechte Einkünfte habe, die kaum 70 Rthl. ausmachen. Weil ich jetzo eine zuverlässige Nachricht erhalten habe, daß der Rector Böhm aus Kutten hinter Angerburg, nach Neuhoff bey Lick als Pfarrer die Vocation erhalten hat: so bitte ich unterthänigst, Ew: Excellenz wollen die Gnade haben, und mir die jetzo vacante Rector Stelle in Kutten huldreichst Conferiren. Ich unterwerfe mich gäntzlich, der vom 20 April des vergangenen Jahres verheißenen Väterlichen=Vorsorge, und ersterbe in tiefster Submission

Ew. Excellenz

unterthänigster Knecht.

Ragnit d. 28 April 1772.

Michael Pogorzelski
Schul Collega

Zauberer Bild 1.

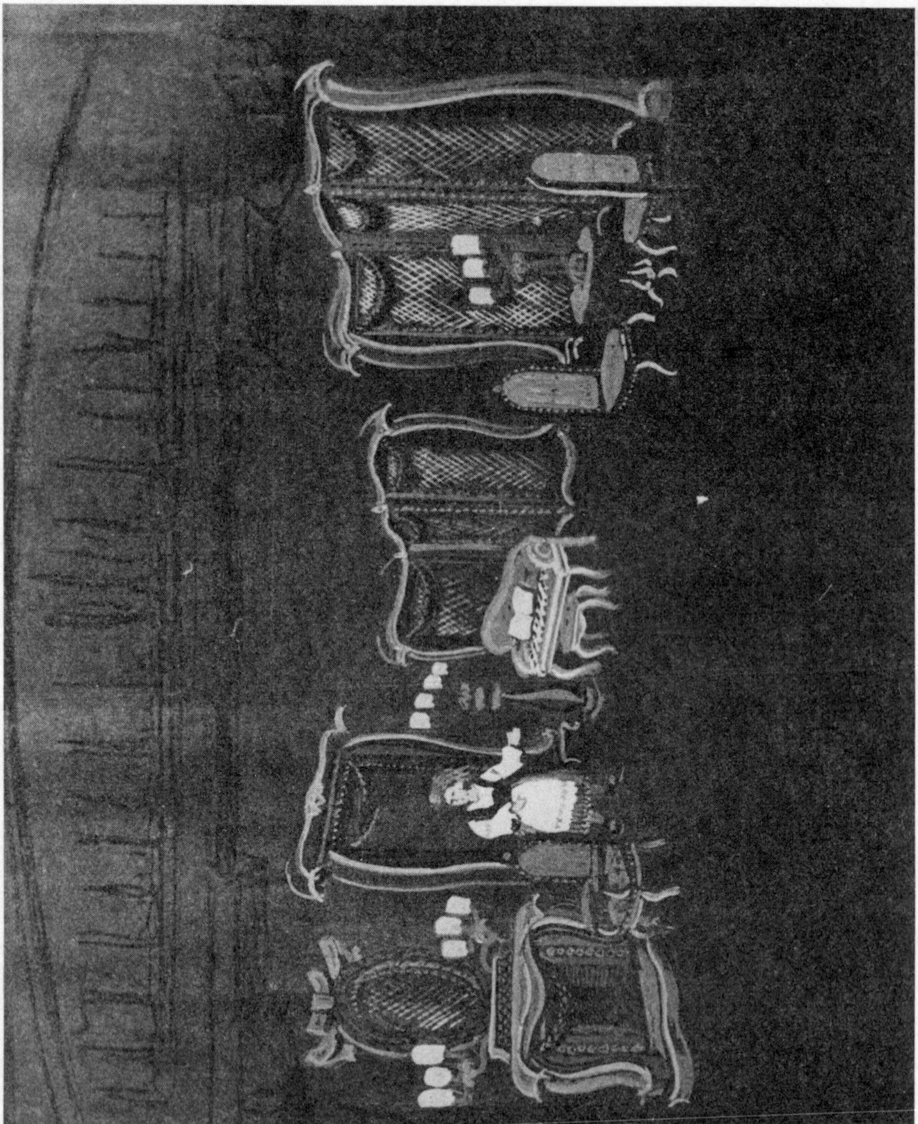

Bild 3

Zauberer Bild 4.

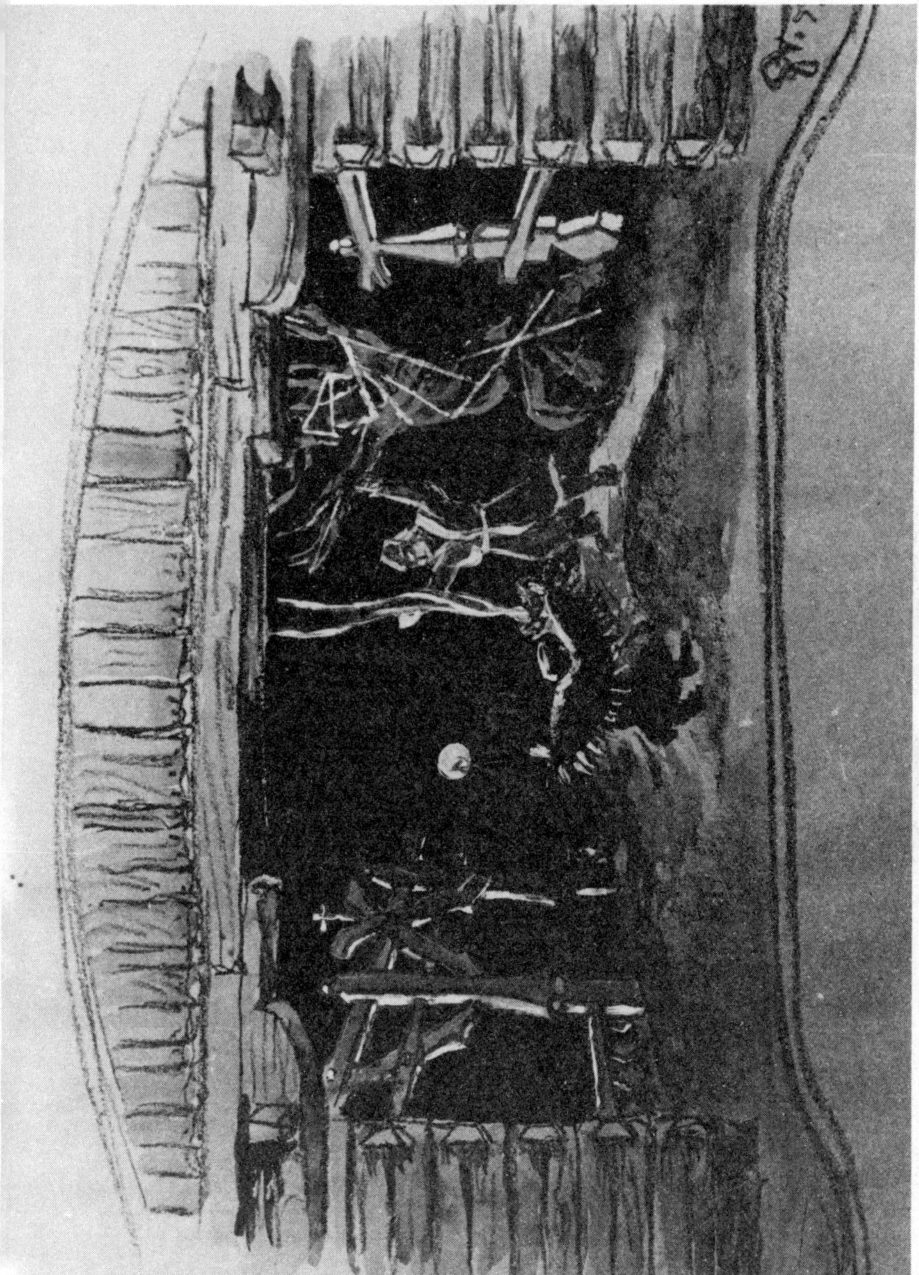

Das
neue
Buch:

Michael Welder / Rudolf Meitsch

Reise nach Masuren

Spurensuche in Ostpreußen

160 Seiten, 150 großformatige Farbaufnahmen, einleitendes Essay von Michael Welder, farbiger Vorsatz, topographische Übersichtskarte von Ostpreußen, gebunden, farbiger, cellophanierter Schutzumschlag.

Begleitet von meisterlichen Farbbildern folgen wir dem Autor auf seiner Reise: Nach der Ankunft in Danzig folgt ein Besuch auf der Marienburg und am Frischen Haff; über das Ermland geht es ins unvergleichliche Masuren.

Verlag Gerhard Rautenberg
2950 Leer · Postfach 1909 · Tel.: 0491/4142